Mira Belle

Männer stören beim Orgasmus nur

Erotische Geschichten

Ein literarisches „Vorspiel"

So manch eine(r) mag sich fragen, wie ich auf so einen provokanten Titel komme. Nun, er ist mir ganz einfach eingefallen und ich fand ihn gut. Aber nicht nur ich. Im Rahmen einer Einladung zur Geburtstagsfeier in einer Pizzeria kam ich mit mehreren anderen Frauen zusammen auf das Thema erotische Literatur und dass ich mit dem Gedanken spiele, ebenfalls ein Buch mit erotischen Kurzgeschichten zu veröffentlichen. Alle Frauen waren einhellig der Meinung, ein Buch mit *diesem* Titel würden sie kaufen.

Nun, Mädels, ich nehme euch beim Wort, jetzt könnt ihr dieses Buch kaufen!

Ich mache keine Umfragen zum Thema „Orgasmus" und führe auch keine Statistiken, habe aber oft genug gehört und gelesen, dass viele Frauen diesen nur vorspielen.

Warum? Weil der Kerl so unfähig ist, dass sie einfach nur schnell mit ihm fertig werden wollen? Oder weil sie am Ende selbst nicht wissen, wie ihr Körper reagiert und worauf?

Ich spreche aus Erfahrung, wenn ich sage, beim lustvollen Erforschen des eigenen Körpers und seiner Reaktion – wo, wie, worauf – dabei stören Männer tatsächlich. Einfach deshalb, weil sie oft zu sehr auf die Befriedigung ihrer eigenen Bedürfnisse fixiert sind.

Eines ist mal ganz sicher. Im Kopfkino muss der richtige Film laufen, dann klappt's auch mit dem Orgasmus. Und wenn meine Geschichten ihren Beitrag dazu leisten, dass künftig genau der richtige Film im Kopf abläuft, dann freut mich das.

Aber eines ist mal *ganz sicher:* Beim gemütlich auf dem Sofa flegeln und dieses Buch lesen, dabei stören Männer ganz bestimmt.

In diesem Sinne, viel Vergnügen!

Kiras Begierden

Weihnachtsüberraschung

Dieses Jahr verbrachte ich Weihnachten allein. Meine beiden besten Freundinnen waren mit ihren aktuellen Typen in den Urlaub geflogen. Katja machte in den Bergen die Schihänge unsicher und Melinda ließ sich die Sonne in der Dominikanischen Republik auf den Bauch scheinen. Selbst meine Eltern waren über die Feiertage unterwegs. Eine echte Premiere. Sie waren der alle Jahre wieder erfolgenden und bisher nie angenommenen Einladung von Mutters Schwester, welche in die USA geheiratet hatte, gefolgt. Da ich weder das nötige Kleingeld übrig hatte noch mich wie das fünfte Rad am Wagen fühlen wollte, war ich mutterselenallein zu Hause geblieben.

Um es wenigstens etwas gemütlich zu haben, hatte ich den Alle-Jahre-wieder-Baum aus dem Keller geholt. Mein bereits fertig geschmücktes, mit Kunstschnee und bunter Lichterkette versehenes Plastikbäumchen, welches nur noch aus dem Karton geholt und gleich einem Regenschirm aufgeklappt werden musste. Leckere TK-Steinofenpizza, die im Ofen frisch hochgeht, in den Backofen, dazu eine Flasche Glühwein, aufs Sofa gekuschelt und kitschige Filme im Fernsehen, so ließ sich Heiligabend auch allein aushalten.

Soeben war ich auf dem Weg in die Küche, schon mal den Backofen vorheizen und den Glühwein anheizen, als es klingelte. Nanu, wer wollte denn da was von mir? Wahrscheinlich nur ein Nachbar, dem der Zucker für den Kaffee ausgegangen war. Ich öffnete und … sah mich dem Weihnachtsmann gegenüber.

Einem ziemlich großen Weihnachtsmann, dessen Gesicht unter dem Watterauschebart noch unglaublich jung aussah. Überhaupt wirkte dieser Weihnachtsmann wie ein Actionheld, den man aus einem Film heraus geholt und in eine rote Kutte gesteckt hatte. Mit tiefer Stimme sprach er mich an: „Ho, ho, ho, fröhliche Weihnachten. Und du bist sicher Kira?"

„Ja, bin ich. Komm doch rein."

Fast schien meine kleine Wohnung *zu* klein für diesen großen, muskelbepackten Weihnachtsmann. Und irgendwie kam mir der Verdacht, dass meine Freundinnen Katja und Melinda etwas mit seinem Auftauchen zu tun hatten, nachdem sie mich Weihnachten allein gelassen hatten, statt mit mir um die Häuser zu ziehen. Der Verdacht bestätigte sich, als der Weihnachtsmann ein dickes, schwarzes Notizbuch aus seinem Sack holte, umständlich darin blätterte und mich dann kopfschüttelnd ansah.

„Kira, Kira, was bist du doch für ein unartiges Mädchen gewesen! Statt für dein Studium zu büffeln ziehst du lieber mit deinen Freundinnen durch die Clubs und flirtest wahllos mit jedem hübschen Kerl und schleppst dir den einen oder anderen auch schon mal für einen One-Night-Stand ab. Na, meinst du, so ein Verhalten gehört sich?"

Worauf wollte er hinaus? Wäre er je einer meiner Angeflirteten gewesen, ich hätte ihn auch unter dem Weihnachtsmannkostüm erkannt. Eine weitere Ahnung stieg in mir auf, wie das hier enden, oder genauer gesagt, erst mal weiter gehen sollte. Als er nämlich weiter fragte: „So ein unartiges Mädchen wie du hat doch bestimmt keine Geschenke verdient sondern eher was mit der Rute. Oder was meinst du?"

Klar doch, meine Freundinnen und ich hatten alle drei Bände von „Shades of Grey" geradezu verschlungen, fieberten der Verfilmung entgegen und lieferten uns hitzige Diskussionen, inwieweit auch wir uns auf solche BDSM-Spielchen einlassen würden und ob sowas uns tatsächlich auch dann antörnen würde, wenn wir nicht nur darüber lesen sondern es selbst erleben würden. Ich war dann mit einem Geständnis rausgerückt, das ich bis dahin nur einem gemacht hatte. Nämlich dass ich total auf Spanking abfuhr, darauf, ordentlich den Hintern voll zu kriegen. Nur leider hatte ich dieses Bedürfnis nie so *richtig* ausleben können. Mein inzwischen Ex-Freund, dem ich dieses Geständnis als allererstem gemacht hatte, hatte zwar auf diesem Gebiet mit mir „herumexperimentiert", anders kann ich es nicht ausdrücken. Aber irgendwie hatte es nie so geklappt, dass ich mich dabei so *richtig* befriedigt gefühlt hätte. Wahrscheinlich war dieser Umstand nur einer von vielen, weshalb wir uns schließlich getrennt hatten.

Nach diesem „Geständnis" meiner besonderen Vorlieben hatten Katja und Melinda alle Einzelheiten aus mir raus gequetscht. Wie es kam, dass ich auf Schmerzen und Demütigung abfuhr. Wie ich es mir denn vorstellte, dieses „es *richtig* besorgt kriegen". Hm, so recht konnte ich es mir ja selbst nicht erklären, woher diese Vorliebe kam, dieses feucht und kribbelig werden allein beim Gedanken daran, übers Knie gelegt zu werden. Dieses unbeschreibliche Gefühl, dem Schmerz am liebsten ausweichen zu wollen und doch diese glühende, erregende Hitze im ganzen Körper zu spüren. Immerhin, beim Sex kam ich so gut wie nie zum Orgasmus. Das schaffte nur eine Kombination aus geschicktem Spiel mit meinen Fingern an den richtigen Punkten und der Vorstellung dazu, dass mir ordentlich der A... versohlt wurde. Aber auch das hatte ich noch niemandem anvertraut.

Da Weihnachten bei unserem letzten Gespräch über dieses Thema nahe war, hatte ich übermütig gelacht: „Das schönste Geschenk, dass der Weihnachtsmann mir machen könnte, wäre eine Rute!"

„Ja, ja, oder ein Rohrstock, eine Gerte, ein Paddle, ein Lederriemen!", hatten meine Freundinnen ebenso lachend ergänzt. Worauf ich nur erwidern konnte, wie begierig ich darauf war, dies alles durchaus mal auszuprobieren. Und jetzt hatten sie mir ganz offensichtlich diesen Weihnachtsmann ins Haus geschickt.

Dieser sah mich noch immer durchdringend an und fragte erneut: „Na, was soll ich mit so einem unartigen Mädchen wie dir bloß machen?"

„Hm, vielleicht den Hintern versohlen?", ging ich auf sein Spiel ein.

„Ganz genau, das hast du dir redlich verdient."

Langsam löste er den Ledergürtel von seiner Kutte, wobei mir schon ganz kribbelig wurde, schaute mich dabei durchdringend an.

„Ich fürchte, wenn ich dich so verhaue, wie du es verdienst, wird mir ganz schön warm werden." Mit diesen Worten zog er seine rote Kutte aus. Darunter konnte ich seine Muskelpracht, die das enganliegende, weiße T-Shirt fast zu sprengen schien, erst richtig bewundern. Er legte die Kutte zur Seite, griff erneut nach seinem ebenfalls abgelegten Ledergürtel und befahl mir: „Dann komm her, du freche Göre, lehnt dich vor über den Tisch."

Ich tat wie geheißen, kribbelig und heiß voller Vorfreude, hatte aber auch ein bisschen Angst vor dem, was jetzt kommen würde. Sacht spürte ich den Gürtel über meine noch bekleidete Kehrseite streicheln. Dann holte er aus und ein klatschender Schlag traf mich. So heftig, dass ich unwillkürlich aufschrie. Er beugte sich über mich, flüsterte in mein Ohr: „Das Safeword, wenn es dir zu viel wird, lautet „Tannenbaum", okay."

„Okay", flüsterte ich zurück, fest entschlossen, das Safeword *nicht* zu gebrauchen.

Weitere 10 Schläge landeten auf meinem Po, bis er sagte: „Nein, nein, nein, so geht das nicht! Zieh mal die Hosen aus."

Ich tat wie geheißen, stieg aus meiner Jeans. Mit schnellem Griff entfernte er meinen Slip. „Den brauchen wir auch nicht! Und jetzt lehn dich wieder über den Tisch!"

Brav nahm ich meine Position wieder ein, spürte wieder das Streicheln des Gürtels über meiner nun schutzlos entblößte Kehrseite und dann…

Erneut ein heftiger Schlag, bei dem ich mich nicht beherrschen konnte, anfing zu zappeln und ein lautes „AUUAAH!" von mir gab.

„Na, na, na, wirst du wohl stillhalten!", schimpfte er mit mir.

Wieder und wieder klatschten seine Schläge auf meinen Po, brachten nicht nur diesen sondern meinen ganzen Körper zum Glühen. Ja, *so* hatte ich es mir vorgestellt. Der Schmerz, so heftig, dass man sich eigentlich nur eins wünschte: Aufhören! Bitte, bitte aufhören! Und doch so erregend schön, so heiß, so gewollt und verdient, dass ich gleichzeitig am liebsten um mehr, immer mehr gebettelt hätte. Längst war ich schweißnass und es fiel mir immer schwerer, meine Position brav beizubehalten, statt ständig zu zappeln und zu schreien. Das Safeword benutzte ich nicht, dazu war ich viel zu gespannt, was er noch alles mit mir vorhatte.

Irgendwann meinte er: „Dein Po glüht schon so großartig, der hat sich erst mal eine kleine Pause verdient. Na, na, na, brav so liegen bleiben!"
Kribbelig vor Spannung wartete ich ab, was jetzt weiter passierte. Aus den Augenwinkeln nahm ich wahr, dass er in seinem Sack herum kramte. Ganz umzudrehen getraute ich mich nicht. Er kam zu mir zurück, ein Fläschchen Massageöl in der Hand. Langsam, lange und unglaublich zärtlich massierte er meinen malträtierten Po mit dem kühlenden Öl. Fast hätte ich vor Genuss wie eine Katze zu schnurren angefangen oder wäre vor Entspannung glatt weg eingeschlafen. Doch dann war seine zärtlich massierende Hand weg und seine Stimme wieder streng, als er zu mir sagte: „Du glaubst doch nicht, dass das schon alles an Strafe für deine Unartigkeit war?"
„Nein?", fragte ich, halb ängstlich, halb verlangend, zurück.

„Nein!", sagte er hart. „Den hier wirst du auch noch gründlich spüren!"

Oh, oh, was hatte er jetzt noch mit mir vor? Erneut kramte er in seinem Sack und förderte einen soliden Rohrstock zu Tage. Schlagartig wurde mir wieder heiß und ich musste an die alten Geschichten meines Großvaters denken. Für ihn hatte die Strafe mit dem Rohrstock beinahe tagtäglich dazu gehört, in der Schule so, wie zu Hause. Schon als Kind hatte ich bei diesen Erzählungen ehrfürchtige Schauder empfunden bei der Vorstellung, in der Schule nach vorn zum Lehrerpult kommen zu müssen und dann vor der ganzen Klasse tüchtig durchgehauen zu werden. Und jetzt sollte *ich* den Stock zu spüren bekommen!

„Komm her und stütz dich hier an der Wand ab!", befahl er mir streng.

Ich gehorchte sofort, stütze mich an der Wand ab, den Po in dieser Haltung ihm zwangsläufig entgegen gestreckt.

„Du wirst jetzt noch 30 Schläge mit dem Rohrstock bekommen. Du wirst sie mitzählen und um deine Demut zu beweisen, wirst du nach jedem Schlag sagen: „Danke, lieber Weihnachtsmann." Hast du das verstanden?"

„Ja", sagte ich nur.

Wieder spürte ich zunächst das Streicheln mit dem Stock über meine Kehrseite und dann den ersten, heftigen Schlag, bei dem ich, statt mit Zählen anzufangen und mein befohlenes Sprüchlein aufzusagen, wieder ein lautes „AHHHAUA!" von mir gab und kaum in der Lage war, gehorsam meine Stellung beizubehalten.

„*WAS* sollst du sagen?", herrschte er mich an, die ich mich kaum beherrschen konnte, meine Hände schützend über meinen Po zu legen.

„Eins", keuchte ich und „Danke, lieber Weihnachtsmann!"

„Schon besser", lobte er, wartete ab, bis ich wieder so stand, wie ich sollte, brav stillhaltend. Wieder das Streicheln mit dem Stock und der nächste, kräftige Hieb, bei dem ich mich erneut kaum beherrschen konnte und zunächst aufschrie. Sofort riss ich mich zusammen und sagte brav mein Sprüchlein auf: „Zwei! Danke, lieber Weihnachtsmann."

Wer hätte gedacht, dass es so lange dauern kann, ehe man 30 Schläge hinter sich hat? Ich musste all meine Selbstbeherrschung zusammen nehmen, die Schläge auszuhalten, demütig mitzuzählen und „Danke, lieber Weihnachtsmann" zu sagen. Nur eines sagte ich nicht, ich *dachte* nicht mal daran, es zu sagen: „Tannenbaum!"

Endlich hatte ich auch diese 30 Schläge überstanden. Auf meinem glutheißen Po hätte man wahrscheinlich mittlerweile Spiegeleier braten können. Der Weihnachtsmann hatte sich aufs Sofa gesetzt, bedeutet mir, mich über seine Knie zu legen. So heiß, wie mich das alles auch machte, so sehr ich es mir auch gewünscht hatte, seit *Jahren* schon, inzwischen war ich an einem Punkt angekommen, wo ich weitere Schläge nicht mehr ausgehalten hätte. Doch das war es auch gar nicht, was er mit mir vorhatte. Erneut bekam mein Po eine gründliche Ölmassage, sozusagen zum Abschluss. Dann ließ er mich aufstehen, sagte mir, ich solle mich wieder anziehen, was ich auch tat, obwohl meine Jeans für meinen Po zu eng geworden zu sein schien. Auch er zog seine Kutte wieder an, band seinen Gürtel darum, mit dem er es mir so gründlich besorgt hatte. Den Rohrstock und das Öl ließ er auf meinem Tisch zurück.

„Jetzt hast du erfahren, was mit unartigen Mädchen passiert. Da ich dich gut genug kenne, um zu wissen, dass du auch in Zukunft nicht immer lieb und brav sein wirst, werde ich den hier", mit diesem Worten nahm er den Stock spielerisch in die Hand, schwenkte ihn durch die Luft, „sicher noch öfter brauchen. Den lasse ich besser gleich hier. Und beim nächsten Mal bringe ich noch mehr schönes Spielzeug für dich mit. Wenn du mal wieder anständig den Hintern voll brauchst..."

Er reichte mir eine Visitenkarte, auf der lediglich „Spankman" stand und eine Mobilnummer.

„Schöne Weihnachten noch und denk dran, wann immer dir der Hintern juckt, ich komme gerne vorbei. Aber jetzt muss ich los. Du bist nicht die Einzige, die in diesem Jahr schrecklich unartig war."

„Tschüss, und ... danke", verabschiedete ich den Spank... äh, Weihnachtsmann sicher nicht besonders originell.

Kaum war er zur Tür hinaus musste ich dringend erst mal unter die Dusche, verschwitzt, wie ich nach dieser Wahnsinnserfahrung war. Ich schälte mich aus meiner Kleidung, ließ sie im Wäschepuff verschwinden. Zum ersten Mal konnte ich meinen gründlich bearbeiteten Po im Spiegel bewundern. Glühend rot mit dunkellila Striemen! Spankman verstand sein

Handwerk, da konnte ich nicht meckern. Jetzt, wo der Schmerz vorbei war, nur noch tief im Inneren nachglühte, hätte ich wieder wie eine Katze schnurren können. Schade eigentlich, dass er nicht noch hatte bleiben können, zum kuscheln, gemeinsam Pizza futtern und Glühwein trinken und wer weiß, bei *diesem* Körper hatte er doch bestimmt noch mehr zu bieten als nur eine gute Tracht Prügel.

Lange stand ich unter der Dusche, betrachtet mindestens ebenso lange, stolz und staunend darüber, wie ich das ausgehalten hatte, meinen Po im Spiegel, ehe ich das machte, was ich eigentlich *vor* meinem Überraschungsbesuch beabsichtigt hatte. Den Backofen vorheizen, die Pizza schon mal aus dem Kühlfach nehmen und die Buddel Glühwein in einen Kochtopf schütten und auf den Herd setzen. Autsch! Wie ich mich für mein nunmehr wieder einsames Heiligabendschlemmermahl hinsetzte, da musste ich doch arg aufpassen. Besser noch ein weiches Kissen unterlegen. Zwischendurch waren tatsächlich SMS von Katja und Melinda eingegangen, die mir „Frohe Weihnachten" wünschten und neugierig nachfragten, ob ich zu Weihnachten noch eine besondere Überraschung bekommen hätte.

Ja, Mädels, hab ich, aber darüber rede ich nicht jetzt und nicht am Telefon. Bis ihr aus dem Urlaub zurück seid und wir uns zu unserem nächsten Mädelsabend treffen, bleibt diese schöne Erfahrung allein meine!

Aber eins weiß ich jetzt schon, meinen „guten" Vorsatz fürs neue Jahr. Ich werde ganz oft furchtbar unartig sein, damit ich noch ganz oft einen Grund hab, die Nummer auf der Visitenkarte anzurufen und Spankmans unvergleichliche „Handschrift" zu spüren.

Nur nicht zu brav im neuen Jahr

Weihnachten war längst vergangen, das neue Jahr hatte begonnen. Und ich war nicht umhin gekommen Katja und Melinda jede Einzelheit bis ins letzte Detail von meinem überraschenden Weihnachtsbesuch zu berichten. Doch während Katjas Augen dabei zu glänzen begannen, sie ernsthaft zu überlegen schien, ob sie es nicht auch wenigstens einmal ausprobieren sollte, schüttelte Melinda nur den Kopf und meinte, solche Spielchen überließe sie lieber den anderen, für sie wäre das ganz sicher nichts. Und ich? Ich lag Nacht für Nacht allein in meinem Bett, ließ Spankmans Besuch, seine köstlich-gründliche Bearbeitung meiner Kehrseite wie einem Film in meinem Kopfkino wieder und wieder ablaufen, um dabei mit Hilfe meiner kundigen Finger wenigstens *etwas* Befriedigung zu erfahren. Tatsächlich fürchtete ich, ich würde seine Dienste wohl nicht wieder in Anspruch nehmen können. *Natürlich* machte er das nicht zum Zeitvertreib sondern gegen Bares und wie viel meine Freundinnen dafür hingeblättert hatten, ihn für mich zu buchen, wollten sie mir nicht verraten. Jedoch war ich bei meinen Recherchen im Internet über die Seite einer „strengen Gouvernante" gestolpert, die für ihre „Sitzungen" 300€ die Stunde verlangte. Wenn Spankman auch nur annähernd genau so viel verlangte, dann würde ich künftig unter der Brücke hausen müssen, um seine Dienste wenigstens ein einziges Mal im Monat beanspruchen zu können. Dennoch ließ mich der Gedanke nicht los, nachdem ich einmal Blut geleckt hatte, endlich erlebt hatte, wie befriedigend es sein konnte, von jemandem gespankt zu werden, der sein Handwerk verstand. So saß ich wieder mal da, spielte mit seiner Visitenkarte in meiner Hand, griff zum Handy, legte es wieder weg, begann zu wählen, nur um doch wieder auf „Auflegen" zu drücken. Schließlich sagte ich mir, wenn ich nicht frage, dann werde ich auch nie erfahren, wie viel er für eine Sitzung verlangt und ob ich es mir nicht vielleicht *doch* leisten kann. Oder wollte ich – nach dem Herumgestümper mit meinem Ex-Freund – ernsthaft darauf warten, *zufällig* einen Typen mit den gleichen Vorlieben kennen zu lernen? Also wählte ich entschlossen die *ganze* Nummer und wartete klopfenden Herzens, was weiter passieren würde. Tuuut, tuuut, tuuut. Dann: „Studio für Erziehungs- und Rollenspiele, Spankman am Apparat. Was kann ich für Sie tun?"

Obwohl ich nur seine Stimme hörte, wurde ich knallrot, gewisse Körperregionen konnten sich über Durchblutungsmangel nicht beklagen, mein Atem wurde flacher und eine gefühlte Ewigkeit lang brachte ich keinen Ton raus. Bis er erneut nachfragte: „Hallo, wer ist denn da?"

„Äh, hallo, ich weiß nicht, ob Sie … ob du dich noch an mich erinnerst? Kira hier!"

Ich hörte ihn förmlich durchs Telefon lächeln. „Kira, die Weihnachtsüberraschung, natürlich erinnere ich mich an dich."

„Äh, ja, du hattest mir doch deine Visitenkarte dagelassen und da dachte ich … wollte ich…"

Wieder spürte ich sein Lächeln durch die Leitung. „Dir juckt mal wieder der Hintern und du brauchst jemanden, der ihn dir gründlich versohlt, stimmt's?"

„Hm, ja", brachte ich nur heraus.

„Du hast Glück, ich hab heute keine weiteren Termine, bin gleich bei dir."

„Halt, warte!", rief ich in den Hörer. Doch er hatte bereits aufgelegt. Mist, ich wollte doch erst nach dem Preis fragen! Wenn sich am Ende herausstellte, dass ich ihn zu mir bestellt hatte, obwohl ich seine Dienste nicht mal ansatzweise bezahlen konnte, würde er mich dann auf Was-auch-immer verklagen? Ich wurde so nervös, dass ich ruhelos durch meine kleine Wohnung tigerte. Habe ich schon erwähnt, *wie* klein meine Wohnung ist? Ein einziges Zimmer, mein Wohn-Schlafzimmer mit Küchenzeile. Der einzige separate Raum ist das Bad, welches so winzig ist, dass ich mich kaum darin umdrehen kann. Um mich in der Zeit bis zu seinem Eintreffen wenigstens irgendwie sinnvoll zu beschäftigen, machte ich mich daran, mir mit meiner neuen Senseo-Maschine – Weihnachtsgeschenk meiner Mutter – einen Kaffee zuzubereiten. Just während der Kaffee zischend und gurgelnd in die Tasse rauschte klingelte es. Mein Herzschlag in diesem Moment hätte sicher jedes EKG Alarm schlagen lassen. Mit weichen Knien öffnete ich und sah mich Spankman gegenüber. Diesmal nicht im Weihnachtsmannkostüm aber mit ebenso enganliegendem, seine Muskeln betonenden, diesmal schwarzem T-Shirt über Jeans, für deren Jahrelang-getragenausgefranst-und-abgewetzt-Look er mit Sicherheit ein kleines Vermögen hingeblättert hatte. Dazu Stiefel, die ein Mittelding zwischen Cowboystiefeln und Bikerstiefeln zu sein schienen. Lässig über die Schulter geworfen trug er eine Sporttasche. Vermutlich hätte das EKG wieder Alarm geschlagen, diesmal wegen plötzlichem Herzstillstand.

„Äh, Hallo, komm doch rein", fand ich irgendwann meine Sprache wieder. Während er meiner Aufforderung folgte, plapperte ich weiter: „Ich hab mir grad nen Kaffee gemacht, willst du auch einen?"

„Gern", erwiderte er nur, lehnte sich lässig neben mich an die Küchenzeile. Mit zittrigen Händen holte ich eine weitere Tasse aus dem Schrank, gab ein neues Kaffeepad und weiteres Wasser in die Maschine, stellte Milch und Zucker bereit und wusste beim besten Willen nicht, wie ich jetzt das heikle Thema „Geld" zur Sprache bringen sollte.

„Setzen wir uns doch", schlug ich mit einer vagen Geste Richtung Sofa vor, als wir schließlich beide unseren fertigen Kaffee hatten. Eine Weile saßen wir schweigend an unserem Kaffee nippend nebeneinander, bis er schließlich amüsiert bemerkte: „Ich dachte, ich muss dich unartiges Mädchen mal wieder ein bisschen auf Spur bringen. Stattdessen wird das hier ein Kaffeekränzchen?"

„Na ja, ich ... hab dich natürlich *deswegen* angerufen, aber du hattest ja so schnell wieder aufgelegt, bevor ich dich fragen konnte, was du für deine ... äh ... Dienstleistungen überhaupt verlangst. Weißt du, ich hänge an meiner Wohnung, habe keine Lust, künftig auf der Parkbank schlafen zu müssen, nur um meine speziellen Bedürfnisse zu befriedigen."

„Was die Bezahlung betrifft, da kann ich dich beruhigen. Du hattest nämlich Glück. Unter all meinen Neukundinnen habe ich zur Weihnachtszeit eine Verlosung gemacht und du hast die ersten 100 Sitzungen zu 100% Rabatt."

„Neeee ne, du verarscht mich doch jetzt?"

„Na, na, na, willst du ne extra Strafe wegen Verwendung unschöner Ausdrücke?", mahnte er mich streng. „Okay, das mit der Verlosung stimmt nicht, das mit dem 100%-Rabatt, *das* meine ich ernst."

„Und wie komme ich zu der Ehre, dass du mich ganz umsonst … verwöhnst?"

„Ganz einfach, unter all meinen Kundinnen hatte ich noch nie eine, die es offensichtlich so dringend gebraucht und so intensiv genossen hat wie du. Und deswegen dachte ich mir, wenn ich schon das erste Mal als Weihnachtsmann zu dir gekommen bin, dann ist das mein Geschenk an dich. Dürftest du locker ein Jahr mit hinkommen, falls du nicht zu gierig bist. Wenn du es annehmen willst, heißt das."

Ich musste mich schwer beherrschen, ihm nicht um den Hals zu fallen. Stattdessen sagte ich, übertrieben theatralisch: „Ja, ich will!" Wir mussten beide grinsen.

Ich stand auf, um die inzwischen leeren Kaffeetassen in meine „Küche" zurück zu bringen. Er folgte mir dichtauf, fragte mich schließlich: „Was hast du denn diesmal angestellt, du schlimmes Mädchen?"

Ja, was hatte ich denn eigentlich angestellt? Tatsächlich war ich seit unserer letzten Begegnung ungewöhnlich brav gewesen, hatte mich selbst mit durch die Clubs ziehen und alles anflirten, was halbwegs ansehnlich aussieht, inklusive bei wechselseitigem Interesse abschleppen zurück gehalten.

„Ich hab bei meiner letzten Klausur von meinem Nachbarn abgeschrieben", log ich frei weg drauflos.

„So, so, sowas machst du also? Abschreiben, mogeln, statt selbst zu lernen und dein hübsches Köpfchen anzustrengen. Dafür hat sich dein ebenso hübscher Hintern aber eine gründliche Abreibung verdient. Meinst du nicht?"

„Ja", stammelte ich kleinlaut. „Ich hab mir eine Tracht Prügel verdient."

Scheinbar gedankenverloren spielte er mit dem hölzernen Kochlöffel, den ich zusammen mit anderen Gerätschaften griffbereit neben meinem Ceranfeld aufgestellt hatte.

„Ich denke, den hier werden wir gut gebrauchen können", sagte er, mich streng fixierend. Dann zog er meinen Küchenstuhl heran, setzte sich darauf, befahl mir knapp: „Komm her!"

Nur *zu* bereitwillig legte ich mich über seine Knie, spürte den festen Griff, mit dem er mich festhielt und dann den ersten Schlag mit dem Kochlöffel. Hitzewellen wallten durch meinen Körper. Mein gesamtes Inneres schien sich zusammen zu ziehen. Endlich durfte ich ihn wieder fühlen, den kostbaren Schmerz, den ich so dringend brauchte. Weitere Schläge landeten auf meinem Jeanshosenboden. Bis er sagte: „Ich denke, das du deine Strafe noch gründlicher spüren musst. Steh auf!" Ich gehorchte sofort.

„Runter mit der Jeans!", kam sein nächster Befehl. Bereitwillig nestelte ich Hosenknopf und Reißverschluss auf, zog meine Hose runter und kickte sie zur Seite. Mit energischem Griff zog er mir den Slip ebenfalls runter, warf ihn beiseite.

„Den brauchst du auch nicht! Und jetzt komm wieder her!"

Wieder lag ich über seinen Knien, von seinem festen Griff gehalten und bekam den Kochlöffel jetzt erst richtig zu spüren. In harten rechts-links-Kombinationen, immer abwechselnd klatschten die Schläge auf meine Pobacken. Obwohl er mich so festhielt, begann ich zu zappeln und konnte auch den einen oder anderen Schrei nicht unterdrücken. Und doch wurde ich heißer und heißer. Genau das war ja das Tolle an diesem Spiel, Lust zu empfinden, trotz oder eben gerade wegen der Schmerzen, weiter gnadenlos verhauen zu werden, obwohl man sich jammernd windet und nicht zu wissen, wann der andere *endlich* Gnade walten lassen wird, unabhängig von der Möglichkeit, mit Safeword selbst jederzeit ein Ende herbeiführen zu können. Irgendwann, als mein Po bestimmt schon so heiß war, dass er mühelos das nächste Kaffeewasser erhitzt hätte, fragte er mich: „Na, hast du jetzt begriffen, dass du in deinen Klausuren nicht abschreiben sollst?"

„Ja", gab ich demütig zurück, „das habe ich begriffen."

„Schön, dann habe ich dich für heute genug bestraft. Steh auf!"

Er dirigiert mich zu meinem Sofa, sagte mir, dass ich mich darauf legen sollte und ließ meiner Kehrseite erneut seine herrlich entspannende Ölmassage zukommen. Ich weiß nicht, welcher Teufel mich ritt – wahrscheinlich hatte ich einfach noch nicht genug bekommen – aber auf einmal platzte ich damit heraus: „Ich habe übrigens auch gelogen!" Meine Behauptung, bei der Klausur geschummelt zu haben, war ja schließlich eine Lüge gewesen.

„Kira, Kira!", sagte er streng, sofort mit seiner Massage aufhörend. „Und ich dachte, du wärst wenigstens ein bisschen anständig. Aber lügen? Schämst du dich gar nicht?"

„Doch", gab ich reumütig zu.

„Na, dann brauchst du wohl noch einen Nachschlag, damit du drüber nachdenkst, ob du lügen sollst."

Er stand auf, ging zu seiner Sporttasche, die bisher unbeachtet am Boden gelegen hatte, wühlte darin herum, kam zu mir zurück.

„Dann wirst du die hier heute auch noch spüren", erklärte er. Ich schluckte, während er mir mit der Reitgerte, die er aus seiner Tasche geholt hatte, über meinen Körper streichelte.

„Knie dich aufs Sofa!" Da war er wieder, der strenge Kommandoton. Längst war ich heiß vor Erwartung, die Gerte zu spüren, streckte ihm nur zu bereitwillig meinen Po entgegen. Wieder ließ er zunächst die Gerte streichelnd darüber gleiten. Dann sauste die Gerte durch die Luft, landete mit hellen Klatschen auf meinem Po, begleitet von meinem Aufschrei. Hart und schnell landete er weitere Schläge, während ich mich hin und her wand, die Hände ins Sofapolster krallte. Nach einer nur kurzen, dafür aber umso härteren Züchtigung fragte er: „Und, wirst du noch mal lügen?"

„Nein, werde ich nicht, versprochen!" Oder aber gerade doch, damit du Grund hast, mich noch ganz oft so gut zu verhauen. Aber das dachte ich nur, sprach es nicht aus. Wieder ließ er meinem schmerzenden Po seine abschließende Massage zukommen, befahl mir dann, mich wieder anzuziehen. Ich tat wie geheißen, obwohl ich am liebsten noch ganz anderes mit ihm gemacht hatte. Ich war immer noch ganz scharf darauf, heraus zu finden, ob er auch noch andere Qualitäten hatte, außer dass er gut zuschlagen konnte. So mehr Richtung Bett. Aber wie sollte ich dieses Thema zur Sprache bringen?

Doch ein Kaffeekränzchen?

„Äh, möchtest du vielleicht noch einen Kaffee?", fragte ich, nicht sehr originell, bevor er sich zum Gehen aufmachen konnte.

„Da ich, wie ich bereits erwähnte, heute keine Termine mehr habe, gern", nahm er meine Einladung an.

„Dann setzt dich doch", lud ich ihn ein, während ich mich hektisch daran machte, meinem Senseo-Schätzchen nochmals 2 Tassen aromatisch duftenden Muntermachers zu entlocken. Hatte ich nicht irgendwo noch Kekse? Ja, dort in der bunten Dose befand sich der kläglich zusammengeschrumpfte Rest von Omas selbstgebackenen Weihnachtskeksen, die sie mir alle Jahre wieder schickte. Wenn ich die hübsch auf einem Glasteller anrichtete…

So jonglierte ich Kekse und Kaffeetassen zum Couchtisch, setzte mich neben ihn. Wieder nippten wir zunächst schweigend an unserem Kaffee, bis ich meinen Mut zusammen nahm und ihn fragte: „Wie heißt du eigentlich?"

„Nenn mich Dom", grinste er.

„Schon klar, du bist der Dom und ich die Sub, wenn wir zusammen … äh … spielen. Trotzdem wüsste ich gern deinen Namen."

„Dom *ist* mein Name, genauer, die Abkürzung davon. Ich heiße Dominik."

„Ein Name, der Programm ist", konnte ich mir nicht verkneifen. „Aber, *wie* bist du zu Spankman geworden? Das ist ja schließlich kein Beruf, der in irgendeinem Lehrkatalog zu finden ist."

„Tatsächlich habe ich zunächst eine ganz normale Ausbildung absolviert, als Masseur und Physiotherapeut. Mein Fachwissen über menschliche Anatomie und das Nervensystem, das ich mir in meinem Beruf angeeignet hab, nützt mir bei meiner aktuellen Tätigkeit sogar. Eines Abends mal, ich war mit einem meiner Kumpel auf ein paar Bier unterwegs, erzählte er mir von seiner Freundin, die ich bis dahin nur flüchtig kannte. Er sagte mir, dass sie abgeht wie Schmidts Katze, wenn er ihr mit dem Gürtel den Hintern versohlt. Da kann sie gar nicht genug von kriegen. Ein paar Tage später war ich bei besagtem Kumpel und seiner Freundin zu Besuch. Das Mädel war wirklich *heiß,* kann ich dir sagen. So heiß, dass man sich allein vom Ansehen fast die Augen verbrannt hat. Und dann kamen sie und mein Kumpel auf die Idee, dass er gern zusehen würde, wenn *ich* es ihr mit dem Gürtel besorge. Zuerst hab ich das strikt abgelehnt. Aber vor allem sie ließ mir keine Ruhe, hat mich geradezu angefleht. Rita war bisher die einzige, die mir begegnet ist, die es *noch* dringender nötig hatte als du. Also hab ich nachgegeben. Anfangs kostete es mich wahnsinnig Überwindung, zuzuschlagen. Hatte ich doch noch nie bewusst und absichtlich einem Menschen weh getan, wäre erst recht nie auf die Idee gekommen, eine Frau zu verprügeln. Aber sie hat mich regelrecht angefeuert, so in der Art: „*Zuschlagen,* nicht tätscheln!" Und er hat es mir dann praktisch gezeigt, wie ich es *richtig* machen soll. Schließlich haben wir sie zu zweit verhauen, einer von rechts, einer von links, immer abwechselnd. Und was ich mir bis dahin kaum vorstellen konnte, sie hat dabei mehrere Orgasmen hintereinander bekommen. Echte, nicht gespielt. Ein paar Mal hab ich dieses Spiel noch mitgespielt. Aber wir haben uns auch unterhalten, darüber, dass es bestimmt noch mehr Leute gibt, die mehr oder weniger im Geheimen dieser Leidenschaft frönen. Leute, die diese Lust gern ausleben würden, bloß nicht wissen, wo und mit wem. Und damit war die Grundidee geboren, dass ich mich damit erst einmal nebenberuflich versuche. Natürlich hab ich mich zunächst kundig gemacht, über unterschiedliche Methoden und Hilfsmittel. Die ersten Anfänge, wo ich noch über Inserate in entsprechenden Magazinen an meine Kundinnen gekommen bin, die waren auch mehr schlecht als recht. Aber jetzt läuft der Laden allein Dank Mund zu Mund Propaganda so gut, dass ich inzwischen verdammt gut davon leben kann."

„Und wurdest *du* jemals so richtig verhauen", konnte ich meine Neugier nicht verkneifen.

„Ja, allerdings. Zu Beginn meiner Karriere als Spankman, als ich selbst noch absolut wenig über Spanking wusste, da bin ich mehrmals zu einer Domina gegangen und hab auch mich mit jedem verfügbaren Hilfsmittel züchtigen lassen. Diese Erfahrung am eigenen Leib hielt ich für absolut wichtig um zu wissen, was ich meinem Kundinnen in welchem Umfang zumuten kann und auch um überhaupt erst mal eine Ahnung davon zu bekommen, wie so eine Erziehungssitzung gestaltet werden kann."

Ich konnte mich nicht beherrschen und musste loskichern.

„Ist die Vorstellung, dass ich den Hintern vollkriege, so erheiternd?", fragte er mich streng.

„Ja, das auch", musste ich zugeben. „Aber vor allem das mit dem „am eigenen Leibe erfahren". Stell dir mal vor, jeder Zahnarzt müsste zuerst die Erfahrung machen, wie es ist, einen verlagerten Weisheitszahn heraus operiert zu bekommen oder eine Wurzelbehandlung aushalten zu müssen. Oder ein Herzchirurg müsste sich zunächst selbst ein Herz transplantieren lassen, damit er nachempfinden kann, was der Patient da mitmacht. Schwierig wird es dann bei männlichen Gynäkologen. Wie bringt man denen die Erfahrung nahe, wie es ist, schwanger zu sein und das Kind dann auch noch gebären zu müssen. Oder auch nur, sich Monat für Monat mit PMS und Regelblutungen herum zu plagen."

„Da hast du wohl Recht, nicht alles kann und muss man selbst erfahren. Andererseits wäre z. B.

jemand, der Raucherentwöhnungskurse leitet und sich dabei selbst eine Zigarette an der anderen ansteckt oder jemand mit der Figur eines Walrosses, der Seminare über Diät und gesunde Ernährung abhält, doch wohl ziemlich unglaubwürdig."

„Und du machst jetzt also den ganzen Tag nichts anderes, als Frauen die Ärsche zu versohlen?"

„So, wie ich es mit dir gleich auch noch mal machen sollte, wenn du mich weiter so mit Fragen löcherst. Aber ja, banal ausgedrückt verdiene ich damit mein täglich Brot, dass ich meinen Kundinnen die gleichen Freuden schenke wie dir. Seit einiger Zeit habe ich allerdings auch Wochenendseminare im Programm. Für Paare, die gern ihre Beziehung aufpeppen würden, indem sie was Neues ausprobieren. Für Einsteiger, die sich noch nicht so recht trauen, ihr Verlangen, das sie davor meist unterdrückt haben, sogar für falsch und verwerflich hielten, auszuleben. Manche Leute müssen tatsächlich erst mal begreifen lernen, dass diese Spielart völlig normal und keineswegs ein Zeichen von Geistesgestörtheit ist. Und dass es wunderschön sein kann, wenn man erst mal weiß, wie man es richtig macht."

„Aber du hast ... keinen Sex mit deinen Kundinnen?"

„Ganz strikt, NEIN! Ich bin schließlich kein Callboy. Du bist nicht die Erste, die mich das fragt. Aber da sage ich grundsätzlich, wer zusätzlich zum Spanking noch Sex will, der muss sich jemand anderen suchen."

„Schade", entfuhr es mir, bevor ich nachgedacht hatte.

„Schade?", fragte er mich mit hochgezogener Augenbraue.

„Na ja, bei *dem* Körper, wer würde da nicht noch auf ganz andere Gedanken kommen?" Um irgendwie von diesem Thema wegzukommen, bevor es peinlich wurde, fragte ich das erstbeste, was mir in den Sinn kam: „Bedienst du eigentlich nur Frauen oder kommen zu dir auch Männer?"

„Nur Frauen. Ich hatte zwar auch schon Anfragen von Männern, aber das lehne ich ab. Dabei käme ich mir irgendwie komisch vor. Aber sag mal, *du* fragst mir Löcher in den Bauch, doch von dir weiß ich so gut wie nichts."

Bekenntnisse

„Also, über meine ersten Gehversuche als Spanker und wie ich von den Anfängen zum *dem* Spankman wurde, das weißt du jetzt. Aber was ist deine Geschichte, wie wurdest du zur Spankee?"

„Hm, irgendwie hat das wohl schon immer in mir gesteckt, auch wenn ich es lange nicht einzuordnen wusste. Mein Großvater, der hat oft von früher erzählt, wo es noch streng zuging. Wo der Rohrstock sowohl in der Schule wie zu Hause an der Tagesordnung war. Und wo andere wohl erschüttert reagieren, beim Gedanken daran, so hilflos verprügelt zu werden, hat es mich schon immer irgendwie angetörnt, wenn ich mir vorgestellt hab, der Lehrer sagt mir, ich soll nach vorn kommen, um mir dann vor der ganzen Klasse den Rohrstock zu geben. Oder wenn abends der Vater nach Hause kommt, die Mutter ihm erzählt, was ich den ganzen Tag über so angestellt hab und dann die Aufforderung kommt: „Hol den Rohrstock!", und dann geht's so richtig rund bis der Hintern glüht. Komisch, dass mir das erst jetzt wieder einfällt, aber irgendwann, nachdem Opa mal wieder erzählt hat, wie streng es damals bei ihm zuging, hab ich meine Eltern gefragt, warum sie mich nicht einfach verhauen, wenn ich was Dummes angestellt hab. Sie reagierten völlig erschüttert, verständnislos und mit einem Vortrag darüber, dass Schläge in der Erziehung doch sowas von überholt sind und wie ich nur auf den *Gedanken* käme, sie würden etwas so furchtbares tun. Allein das pädagogische Einfühlungsvermögen zählt usw."

„Hm, was die Züchtigung von Kindern betrifft, da muss ich deinen Eltern zustimmen. Mit Ausnahme von dir vielleicht wird sich wohl kein Kind freiwillig dafür entscheiden, verhauen zu werden, wenn es nach Meinung seiner *Eltern* etwas angestellt hat. Aber unter Erwachsenen und im gegenseitigen Einvernehmen ist alles erlaubt, was gefällt und – ganz wichtig – wobei niemanden *ernsthaft* verletzt oder dauerhaft geschädigt wird. Mit dem Sex ist es doch ganz genau so. Sex unter *Erwachsenen,* versteht sich, und im gegenseitigen Einvernehmen, ist etwas Wunderbares. Na ja, sofern zumindest *einer* von beiden genügend Erfahrung hat und weiß, was er da tut. Aber wenn nur *einer* der Beteiligten gegen seinen Willen gezwungen wird, dann ist es schlicht Vergewaltigung. Mit Spanking ist es ganz genau so. Entschließt du dich freiwillig, dich zur „Strafe" verhauen zu lassen, mit der Option, dass der Spanker jederzeit aufhört, sobald du das Safeword sagst, ist es eine wunderbare, sinnliche Erfahrung. Ohne dein Einverständnis willkürlich geschlagen zu werden, ist strafwürdige Körperverletzung."

Dem konnte ich nur zustimmen. Doch seine Neugier, was mich betraf, war noch lange nicht gestillt.

„Du hattest doch vor deiner Begegnung mit mir auch schon Erfahrung als Spankee. Erzähl mir davon."

„Da gibt's nicht viel zu erzählen. Bisher hatte ich nur einen, richtigen, festen Freund. Wir waren schon ne Zeitlang zusammen. Der Sex mit ihm war okay, aber so *richtig* befriedigt war ich nie. Da fehlte einfach noch was. Eben die Sache mit dem regelmäßig, gründlich verhauen werden. Ich selbst hatte mich diesbezüglich schon schlau gemacht, im Internet. Kaum zu glauben, wie viele heiße Filmchen es zum Thema auf myvideo.de gibt. Irgendwann hab ich mich dann getraut, ihm zu sagen, was ich von ihm will. Zuerst konnte er sich das gar nicht vorstellen, hat es aber mir zuliebe dann doch ausprobiert. Aber das war's leider auch nicht. *Er* wusste nicht, wie er es *richtig* machen soll und ich wäre mir irgendwie blöd dabei vorgekommen, ihm sozusagen eine Schritt für Schritt Anleitung vorzulegen, wie ich es mir vorstelle, was genau ich von ihm erwarte. Lange hat unsere Beziehung dann auch nicht mehr gehalten."

„Du hast dich *deswegen* von ihm getrennt?"

„Nein, das war nur der Auslöser. So ganz das Wahre war es mit uns von Anfang an nicht. Hat wohl nur ne Weile gedauert, bis wir beide bereit waren, es uns auch einzugestehen. Immerhin, es war meine *erste,* richtige Beziehung. Allein deshalb wollte ich sie wohl nicht so ohne Weiteres aufgeben. Alles davor und danach waren nur mehr zufällig One Night Stands. Aber wer weiß, vielleicht wird mein eigenes, verkorkstes Liebesleben in ein paar Jahre der Stoff, über den ich meine Doktorarbeit schreibe."

„Das wollte ich dich auch noch fragen, was du eigentlich studierst?"

„Psychologie."

„Aha, um die dunklen Abgründe deiner Begierden besser verstehen zu lernen?"

„Unter anderem. Hat mir bisher nur auch noch nicht viel weiter geholfen."

„Ich weiß, die Frage nach dem Alter stellt man einer Frau normal nicht. Aber ich will es trotzdem wissen."

„24 und du?"

„Im Oktober 31 geworden und wehe du sagst jetzt: *So* alt siehst du noch gar nicht aus."

„Aha, und wenn ich es doch sage, verhaust du mich dann noch mal?"

„Heute nicht mehr und auch die nächsten Tage nicht. Das darfst du nämlich nie außer Acht lassen, dass dir da immerhin *Verletzungen* zugefügt werden, die erst mal wieder heilen müssen, auch wenn es „nur" blaue Flecken sind."

„Und wann verwöhnst du mich wieder?"

„Hm, wie wär's mit nächstem Freitag? Würde dich gern mal abholen und mit in mein Studio nehmen. Bin gespannt, wie dir meine Spankingbank gefällt."

„Ohhhh, *das* klingt vielversprechend."

„Allerdings. Wenn ich dich dort nämlich festschnalle, dann musst du endlich mal stillhalten, statt dauernd zu zappeln. Weißt du, eine anständige Sub hat nämlich die Position beizubehalten, die der Dom ihr befohlen hat, statt sich ständig wie ein Aal zu winden. Ich kann dich ja oft kaum bändigen."

„Ich kann's kaum erwarten."

„Na dann, war echt schön heute mit dir. Ich freu mich auf unser Wiedersehen. Ich ruf dich an, wann ich dich Freitag abhole."

Zum Abschied nahm er mich tatsächlich in den Arm und gab mir ein Küsschen auf die Wange. War natürlich reiner Zufall, dass ich ihn länger als es für einen flüchtigen Abschied nötig gewesen wäre, im Arm hielt.

Auf der „Strafbank"

Wie endlos sich doch die Zeit von einem Freitag zum nächsten Freitag dehnen kann! Ich weiß nicht, wie ich in der kommenden Woche meine Vorlesungen durchstand und wie ich es schaffte, überhaupt *irgendetwas* von dem, was die Dozenten vortrugen, mitzukriegen und zu kapieren. Kreisten doch meine Gedanken ständig um Dominik alias Spankman und was mich Freitag in seinem Studio wohl erwarten mochte. Das Dauergrinsen bekam ich genau so wenig aus dem Gesicht, wie das erregende Kribbeln zwischen meinen Schenkeln je aufzuhören schien. Und so wenig, wie Katja und Melinda damit aufhörten, jedes Detail meiner vergangenen und meiner künftigen Begegnungen mit ihm hören zu wollen. Anscheinend waren meine beiden BFs mit ihren aktuellen Beziehungen sehr glücklich, schien bei beiden auf was Dauerhaftes hinaus zu laufen. Ob das bei mir und Dominik auch eines Tages der Fall sein würde. Oder wäre ich auf Ewig nur seine Kundin? Eine Kundin, mit der sexuell nichts laufen würde? Tja, meine stetige Ungeduld! Von der hatten mich auch die in meinem Psychologiestudium erworbenen Kenntnisse nicht befreien können.

Endlich Freitagnachmittag! Wollte mein Handy mich eigentlich ärgern, dass es einfach nicht klingelt, mir den heiß ersehnten Anrufer anzeigte? Als es endlich, endlich doch klingelte hätte ich es vor Schreck fast fallen lassen. *Er* war es, kündigte mir an, dass er in einer halben Stunde bei mir sein würde. Ich duschte im Rekordtempo, rasierte mich dabei vorsichtshalber noch an allen Körperregionen, wo Behaarung schlicht überflüssig ist, also überall außer auf dem Kopf, putze mir die Zähne und zog mir frische Klamotten an. Gerade als ich mir energisch die Haare bürstete klingelte es. Mit der Haarbürste in der Hand rannte ich zur Tür, riss sie auf, stand *ihm* gegenüber.

„Hi Kira", begrüßte er mich, sogar wieder mit Umarmung und Küsschen. Seine Hand umfasste meine, die noch immer die Haarbürste hielt.

„Hm, auch mal ne nette Möglichkeit, deinen Popo zu bearbeiten. Aber nicht heute."

Unwillkürlich wurde ich rot. Stimmt ja, so viel hatten meine Internetrecherchen ergeben, dass auch eine Haarbürste ein treffliches Züchtigungsinstrument war. Ein Gedanke, bei dem ich ungefähr so feucht und heiß wurde wie der Dschungel am Äquator. Mir die Hand hinhaltend fragte er: „Und, bist du startklar?"

„Wenn du mir eben noch erlaubst, die hier ins Bad zurück zu bringen, wo du sie doch heute eh nicht verwenden willst…"

„Genehmigt", grinste er. Ich folgte ihm nach unten zu seinem Auto. Überraschte es mich, dass er nur einen schlichten, schwarzen Kleinwagen Marke-was-auch-immer fuhr? Insgeheim hatte ich mit einer Angeber-Zuhälterkarre gerechnet. Dass er in Wahrheit nur ein ganz normales Auto fuhr nahm mich noch mehr für ihn ein. Sogar sein Fahrstil war eher vorsichtig-defensiv statt Bleifuß um jeden Preis. Nach kurzer Fahrt standen wir vor seinem Haus. Überrascht registrierte ich die Praxisschilder neben der Eingangstür. Im Erdgeschoss residierte eine Zahnarztpraxis und darüber verkündete ein schlichtes Schild:

Dominik Brecht, Massage und Physiotherapie, Termine nach Vereinbarung.

„Und was ist mit Spankman?", fragte ich verwundert.

„Ob du's glaubst oder nicht, aber weit über die Hälfte meiner Kundschaft kennt mich nur als ganz seriösen Therapeuten und kommt auch nur wegen Massage und Krankengymnastik auf Krankenkassenkosten und mit hausärztlicher Verordnung. Aber komm doch rein, dann wirst du schon sehen, wie geschickt ich eins mit dem anderen kombinieren kann."

Gespannt folgte ich ihm die Treppe rauf, konnte mir eine weitere Frage nicht verkneifen: „Gehört dir das Haus oder bist du hier nur zur Miete?"

Er grinste: „Hm, alles meins. Hat mir mein Onkel vermacht, als er in Ruhestand ging. Er hatte nämlich in den Räumen oben, die jetzt ich nutze, seine Arztpraxis. Und nachdem ich meine Ausbildung abgeschlossen hatte, er für seine Praxis keinen Nachfolger fand, hat er sie mir vermacht für meine Therapieräume. Und mehr, wovon er allerdings keine Ahnung hat", fügte er noch immer grinsend hinzu. „Allein von den Mieteinnahmen der zahnärztlichen Gemeinschaftspraxis im Erdgeschoss kann ich ziemlich gut leben."

Inzwischen hatte er seine Tür aufgeschlossen. Zunächst betraten wir einen ganz normalen Wartebereich mit Empfangstresen, den üblichen Sitzgelegenheiten und Zeitschriften auf einem kleinen Tischchen. Eine Tür mit der Aufschrift „WC Patienten", ein Büro, ein großer Raum, der an einen Turnhalle, einen Gymnastikraum denken ließ und auch dafür genutzt wurde. Ein weiterer Raum, in drei Kabinen unterteilt, in denen Massagebänke standen. Alles in allem bis jetzt eine ganz gewöhnliche Praxis. Dominik jedoch strebte auf eine Tür mit der Aufschrift „Privat" zu, die als einzige keine gewöhnliche Klinke hatte sondern einen Türknauf, sich also nur mit dem entsprechenden Schlüssel öffnen ließ. Dahinter wurde es *wirklich* interessant. Doch bevor ich den Raum in seinen Einzelheiten wahrnehmen konnte hielt er mich zurück, drängte mich quasi wieder nach draußen und sagte: „Warte, wir wollen es doch spannend machen. Ich möchte, dass du dich *ganz* auszieht. Leg deine Sachen einfach hier ab." Er deutete auf einen Hocker, der in der Ecke stand. Ich spürte, wie gespannte Erregung in mir aufstieg, während ich seiner Aufforderung nachkam, schließlich nackt vor ihm stand.

„Ich werde dir jetzt die Augen verbinden, wenn es dir recht ist."

Ich nickte nur und ließ mir von ihm ein weiches Seidentuch so vors Gesicht binden, dass ich absolut nichts mehr sehen konnte. Mich bei der Hand nehmend und führend sagte er: „Und jetzt komm. Höchste Zeit für deine Bestrafung."

Die Mischung aus Erregung, Erwartung und doch auch etwas Angst brachte mein Herz zum rasen, ließ meine Knie weich und meinen Atem flach werden. Behutsam dirigierte er mich.

„Pass auf, hier hinknien und vorlehnen, die Hände auch nach vorn. Ja, genau so." Ich spürte kühles, weiches Leder unter meinem Körper.

„Jetzt werde ich zuerst deine Fußgelenke und dann deine Handgelenke mit Lederfesseln fixieren." Die Erregung wuchs, während er mit den Riemen hantierte, Stück für Stück dafür sorgte, dass ich ihm auf Gedeih und Verderb ausgeliefert war.

„Okay so, oder zu fest?", fragte er. Ja, alles okay. „So, zum Schluss werde ich den Gurt um deine Hüften festmachen. Damit du endlich mal lernst, stillzuhalten."

Jetzt war ich ganz und gar wehrlos und zittrigheiß voller Vorfreude, hörte ihn im Raum herumgehen und hantieren. Dann war er wieder neben mir, gab mir etwas in meine Hand, genauer, ließ es durch meine Hand gleiten. Fühlte sich an wie ein ziemlich dünner, langer Rohrstock. Als hätte ich es ausgesprochen bestätigte er: „Ja, ein Rohrstock. Und damit werde ich dich lange und hart züchtigen. Diesmal höre ich erst auf, wenn du um Gnade flehst."

Puh, ein Feuchtbiotop war gar nichts gegen dass, was sich bei dieser Ankündigung zwischen meinen Schenkeln tat. „Hoffentlich ist er gegen Wasserschäden versichert", schoss mir ein völlig alberner Gedanke durch den Kopf. Jedwede Albernheit verging mir aber schlagartig, als er loslegte. Ich hörte das Pfeifen, mit dem der Stock durch die Luft sauste, das dünne Klatschen beim Auftreffen und dann explodierte der Schmerz in meinem Körper, ließ mich aufschreien und den vergeblichen Versuch unternehmen, mich in meinen Fesseln zu winden. Schlag für Schlag loderte die glühende Hitze durch meinen Körper, steigerte meine Erregung. Und wie jedes Mal, wenn ich so richtig gut durchgehauen wurde, kämpfte der verzweifelte Wunsch, die Schmerzen mögen bitte, bitte aufhören mit dem gierigen Verlangen, mehr, immer mehr und bitte *noch* härter zu bekommen und bloß nicht aufhören, nur weil ich anfange, rum zu jammern. Ich brauchte meinen Po nicht zu sehen, um zu wissen, dass er inzwischen glutrot war, der Stock tiefe Kerben hinterlassen hatte. Plötzlich registrierte ich, dass er aufgehört hatte.

„Na, hat mein ungezogenes Mädchen noch immer nicht genug?"

„Nein … bitte … ich brauch es! Mehr! Härter!", stammelte ich.

„Wie du willst."

Wieder tönte das Pfeifen und Klatschen des Stocks wie Musik in meinen Ohren und – konnte das möglich sein – dass es tatsächlich noch eine Steigerung in der Härte meiner Züchtigung gab? Obwohl ich es gar nicht wollte schrie ich jetzt bei jedem Schlag, mein Körper versuchte alles, den Schlägen trotz meiner Fesseln zu entgehen und mehr unbewusst hörte ich mich ausrufen: „Bitte! Bitte hör auf! Bitte schlag mich nicht mehr! Bitte!"

Sofort ließ er von mir ab. Ich spürte, wie er meine Fesseln löste, mir beruhigend zusprach: „Langsam, ganz langsam aufrichten. Nein, die Augenbinde bleibt. Ich bin nämlich noch nicht fertig mit dir."

Überstanden!

Ehe ich's mich versah hatte er mich hochgehoben, trug mich durch den Raum, sagte schließlich: „Vorsicht, ich stell dich mal kurz ab. Und jetzt, leg dich hier hin, auf den Bauch."

Was ich jetzt unter mir spürte schien eine, mit einem gewöhnlichen Laken bedeckte, Massageliege zu sein. Mein Po pochte vor Schmerz, wieder hörte ich ihn hin und her gehen, herumhantieren, während ich darauf wartete, was er noch mit mir vorhatte. Plötzlich ertönte sanfte Entspannungsmusik und er war wieder neben mir. Ich spürte seine von warmem Massageöl glitschigen Hände meine Schultern, meinen Nacken entlang gleiten. Er massierte mich *richtig,* am ganzen Körper! Den Rücken unendlich sanft rauf und runter, hin und her. Besonders lange und intensiv widmete er sich meinem wunden Hintern. Meine

Beine, meine Füße bis in alle Zehen. Ich spürte, wie ich mehr und mehr schläfrig wurde, kaum noch Kraft hatte, seiner Aufforderung nachzukommen: „Umdrehen!"

Mit seiner Hilfe rollte ich mich auf den Rücken, wurde von vorn genau so ausgiebig von Kopf bis Fuß massiert. Zunächst nahm er mir die Augenbinde ab. „Versprich mir aber, die Augen zuzulassen."

„Hm", murmelte ich nur, ohnehin *zu* müde, um die Augen öffnen zu wollen. Er fing tatsächlich mit einer Gesichtsmassage an, nahm sich beide Arme bis in die kleinen Finger vor. Selbst meine Brüste verwöhnte er, wobei ich, für mich selbst überraschend, aufschrie, als er meine Brustwarzen allzu intensiv knetete. Er widmete sich meinem Bauch, der Vorderseite meiner Beine. Erst dachte ich, meinen Intimbereich würde er auslassen. Dann jedoch...

Langsam fuhr er mein Bein wieder hinauf, verweilte kurz und auf einmal spürte ich seine warme, ölige Hand an meiner intimsten Stelle spielen. So vibrierend vor Erregung, wie meine Nerven ohnehin schon waren, brauchte es gar nicht mehr viel seiner fachkundigen Berührungen. Ich spürte, wie die Hitze sich um meine Klitoris zusammen ballte, meine Muskeln sich zusammen zogen, meine Nervenenden zu singen begannen, mein ganzer Körper unkontrolliert zu zittern anfing. Da war es! *Das* Gefühl, von dem ich lange Zeit dachte, es würde nur in kitschigen Romanen existieren und wenn überhaupt, dann brachte ich selbst es fertig, mir dieses unbeschreiblichste aller Gefühle zu verschaffen und Männer wären einfach zu ungeschickt dafür. Wimmernd wand ich mich hin und her, war versucht, seine Hand wegzuschieben, weil ich Angst davor hatte, den unweigerlich kommenden Orgasmus weniger aushalten zu können als die härtesten Prügel der Welt und sackte, mich ein letztes Mal aufbäumend, keuchend auf die Liege zurück.

Willenlos ließ ich mich von ihm in sitzende Stellung aufrichten, die Augen noch immer geschlossen, hörte, spürte, wie er sich sein T-Shirt auszog, um es mir überzustreifen. Spürte, wie er mir den Arm um die Schultern legte und ein Glas an die Lippen hielt.

„Trink! Du hast ne Menge durchgehalten und solltest keinesfalls dehydrieren."

Kühler Orangensaft rann durch meine Kehle und gierig trank ich das Glas leer.

„Müde", murmelte ich, meinen Kopf an seine Schulter lehnend.

„Glaub ich dir und darum wirst du dich jetzt ausruhen."

Wieder hob er mich kurz hoch, legte mich gleich darauf wieder ab. Ich spürte ein kühles Satinlaken unter mir, weiche Kissen und eine ebenso mit kühlem Satin bezogene Decke, die er über mich breitete. Offensichtlich wollte er mich jetzt allein lassen. Meiner Müdigkeit zum Trotz richtete ich mich halb auf, griff nach seiner Hand und bettelte: „Geh nicht!"

Kurz zögerte er, ehe er sagte: „Na ja, warum eigentlich nicht?" Dann schlüpfte er aus seinen Jeans, kam nur in Boxershorts bekleidet zu mir unter die Decke. In Löffelchenstellung schmiegte ich mich an ihn, seinen muskulösen Oberarm als Kopfkissen nutzend und war in nächsten Moment eingeschlafen.

Doch noch mehr drin?

Keine Ahnung, wie lange ich geschlafen hatte. Langsam kam ich wieder zu mir, musste mich zunächst orientieren, wo ich überhaupt war. Dann waren alle Erlebnisse der letzten Stunden wieder präsent. Die verdammt beste Tracht Prügel, die ich in meinem bisherigen Leben bekommen hatte. Gefolgt von der entspannendsten Massage, die ich mir vorstellen konnte, die er zudem noch in einem überwältigenden Höhepunkt hatte enden lassen. Und jetzt schlief ich hier, mit ihm in einem Bett! Wow! Vorsichtig drehte ich mich zu ihm um, der immer noch entspannt schlief, hatte zum ersten Mal Muße, sein schönes Gesicht richtig zu betrachten. Konnte mich schließlich nicht mehr beherrschen, mit den Fingerspitzen die Konturen seines Gesichts nachzuzeichnen. Ließ meine neugierigen Finger tiefer gleiten, über seine Brust. Hmmm, ein schöner, breiter Brustkorb, *das* wusste ich ja längst. Jedoch die Piercings durch beide Brustwarzen, die hatte ich noch nicht gesehen. Und er war genau richtig behaart, nicht zu viel, nicht zu wenig. Auch darüber hatten Katja, Melinda und ich oft diskutiert, dass es gar nicht so einfach war, den *genau richtig* behaarten Mann zu finden. Weder wollten wir einen, der aussah, wie ein Rückschlag auf wilde Ahnen noch eine vollkommen haarlose Jünglingsbrust. Spielerisch zupfte ich an seinen Brusthärchen, tastete mich vor zu seinem Brauchnabel. Kurz vor dem Bund seiner Boxershorts wurde meine Hand jedoch jäh von seiner abgefangen und streng fragte er mich: „Was soll das denn jetzt werden? Versuchst du etwa, dir durch sexuelle Gefälligkeiten weniger harte Strafen zu erkaufen?"

Keine Ahnung, woher meine Schlagfertigkeit – welch ein Wortspiel, nur nebenbei bemerkt – kam, mit der ich antwortete: „Vielleicht will ich auch nur noch härtere Strafen provozieren, wegen sexueller Nötigung zum Beispiel?"

„Hast du denn immer noch nicht genug?"

„Gegenfrage: Siehst *du* mich immer noch *nur* als deine Kundin?"

„Hm, mal überlegen. Als meine exklusive, 100%- Rabatt-Privatkundin vielleicht?"

„Und was bedeutet das?"

„Was möchtest du denn, was es bedeutet?"

Rot werdend erwiderte ich: „Dass *MEHR* für mich drin ist, als nur deine Dienste in Anspruch zu nehmen. Genauer ausgedrückt, *ALLES!*"

„Meinst du vielleicht … *SO?*", fragte er, mich doch tatsächlich leidenschaftlich küssend, wobei ich Bekanntschaft mit seinem Zungenpiercing machte. Mich weiter küssend murmelte er: „Das brauchst du jetzt auch nicht mehr" und streifte mir sein T-Shirt wieder ab. Zärtlich erkundeten wir uns gegenseitig mit Lippen und Händen und wieder näherte ich mich der magischen Grenze des Bundes seiner Shorts.

„Na, willst du dir gar nicht nehmen, was du schon die ganze Zeit haben willst?"

Ohne zu zögern befreite ich ihn von diesem unnützen Kleidungsstück und staunte schon wieder. Zum einen darüber, dass er meine Ansicht über überflüssige Körperbehaarung zu teilen schien und intim tatsächlich glatt rasiert war. Zum anderen darüber, dass er auch *dort* gepierct war. Ehe ich mich zurück halten konnte platze ich heraus: „Du scheinst aber auch auf Schmerzen zu stehen!"

Fragend sah er mich an. „Na ja, so wie du dich hast durchlöchern lassen."

„Glaub mir, alles halb so schlimm. Gefällt's dir nicht?"

„Doch, ist halt nur ungewohnt."

„Willst du's spüren?"

„Hmmm, ja."

„Schau mich an! Ich will dir in die Augen sehen, wenn ich dich nehmen!"

Ich tauchte in den intensiven Blick seiner graublauen Augen ein, während er meine Hände rechts und links von meinem Kopf festhielt, zwischen meinen Schenkeln kniete und … laaaangsam ich mich eindrang.

Ohhhh jaaaaa! Er hatte wirklich das zu bieten, was sein Wahnsinnskörper versprach. In langsamem Tempo bewegte er sich sehr bewusst, tief rein und fast ganz wieder raus. War es seine Art, sich zu bewegen? Die Tatsache, dass er meine Hände festhielt, sein Körpergewicht mich ohnehin in die Matratze drückte, mir somit einmal mehr das Gefühl gab, im vollständig ausgeliefert zu sein? Oder die Tatsache, dass ich noch nie jemandem beim Sex die ganze Zeit direkt in die Augen geschaut hatte? Vielleicht ja auch nur sein Intimpiercing, welches mich mehr als gewöhnlich reizte? Jedenfalls spürte ich, zu meiner eigenen Überraschung, wieder das warme Gefühl sich zwischen meinen Schenkeln zusammen ballen, das Vibrieren meiner Nervenenden, das Zucken meiner

Muskeln, das Zittern am ganzen Körper und die Angst davor, nicht aushalten zu können, was mich da unaufhaltsam überrollte. Wow, er hatte gleich beim ersten, gemeinsamen Sex fertig gebracht, was bei mir sonst so gut wie nie funktionierte! Er hatte dafür gesorgt, dass ich kam. Und wie!

Ermattet und verschwitzt lagen wir schließlich nebeneinander. Lange sagte keiner ein Wort, bis es schließlich, beinahe verlegen, von ihm kam: „Ich weiß ja, ich hätte dich das *vorher* fragen sollen. Aber du hast mich einfach mitgerissen und außerdem … na ja, ich denke, du bist auf dem Gebiet eine moderne, fortschrittliche Frau…?"

„Was *willst* du von mir?", unterbrach ich sein Gestammel.

„Na ja, ich hab mich grad gefragt, ob du … die Pille nimmst."

„Und wenn nicht?", konnte ich mir nicht verkneifen, ihn ein wenig zappeln zu lassen. Nur, um ihn gleich darauf zu beruhigen, dass ich *natürlich* nicht so eine dumme, verantwortungslose Tussi war, die sich von jedem flachlegen ließ, ohne zu verhüten und am Ende zig Kinder von ebenso vielen verschiedenen Kerlen von der Sozialhilfe groß zog. Das Gebirge, das ihm nach dieser Versicherung vom Herzen fiel, konnte ich förmlich poltern hören. So, wie kurz darauf das Grummeln meines Magens nicht zu überhören war und ich registrierte, dass ich tatsächlich ganz schön Kohldampf hatte.

„Kein Wunder, dass du Hunger hast. Dein Körper hatte schließlich heute so einiges zu leisten. Wenn du willst, dann lade ich dich gleich gegenüber in die Pizzeria ein."

„Ich würd nur gern vorher duschen, bin ja ganz durchgeschwitzt."

„Dem schließe ich mich an. Komm, ich zeig dir, wo mein Badezimmer ist." Mit diesen Worten zog er mich, nackt, wie wir beide waren, durch den Flur seiner Praxis vor eine weitere Tür mit der Aufschrift „Privat", eine Treppe hinauf in seine Wohnräume. *Endlich* mal ein Badezimmer, welches nicht nur groß genug war, sich problemlos darin umzudrehen sondern sogar drin tanzen zu können. Mit begehbarer Dusche, Eckbadewanne, die ich mir insgeheim vornahm, beizeiten auszuprobieren. Doch jetzt zog er mich erst unter den großen Duschkopf. Regendusche nannte sich das doch, wenn das Wasser aus einem so überdimensionalen Duschkopf von oben auf einen runter prasselt? Lange und ausgiebig seiften wir uns gegenseitig ein, auch und vor allem an den *sehr* empfindsamen Stellen, ließen das Wasser auf uns herunter plätschern, hätten wahrscheinlich noch lange so gestanden, wenn mein Magen nicht erneut mit vernehmlichen Knurren nach seinem Recht verlangt hätte. Um weitere Verzögerungen zu vermeiden, trocknete sich jeder selbst ab. Dom holte sich frische Sachen aus seinem Schrank im Schlafzimmer, in welches ich einen neugierigen Blick warf. Das breite, satinbezogenen Bett ähnelte dem unten im Studio. Ansonsten enthielt das Zimmer nur einen schmalen Kleiderschrank und – tatsächlich – so einen Herrenbutler, um die bereits getragene Kleidung nicht wahllos über den Fußboden zu verteilen. Während er sich anzog trug ich noch immer nichts weiter als sein umgewickeltes Badetuch, da meine Sachen noch eine Etage tiefer auf dem Hocker lagen. Mit den Worten: „Warte, ich hole dir dein Zeug", trabte er die Treppe runter und ich konnte mir nicht verkneifen, sein Wohnzimmer zu inspizieren. Breite Glasfront, die auf eine Dachterrasse hinaus führte. Helle, U-förmige Sofagarnitur, niedriger Couchtisch, Flachbildfernseher an der Wand aufgehängt, Bücherregale, deren Inhalt mich neugierig machte. Vor allem … Nein, das konnte doch nicht sein! Beinahe automatisch griff meine Hand nach den ordentlich nebeneinander stehenden drei Bänden von „Shades of Grey". Grad in dem Augenblick kam er zurück, meine Kleider über dem Arm, grinste nur über meine Verwunderung.

„Nenn es in meinem Fall Fortbildungslektüre. Außerdem bin ich der guten E. L. James *sehr* dankbar für ihre Bestseller. Dank ihr hab ich nämlich einiges an Neukunden zu verbuchen. Paare, die nach der Lektüre Lust aufs Ausprobieren bekommen haben, aber noch etwas Hilfestellung dabei brauchen. Oder auch frustrierte Ehefrauen, bei denen sexuell wenig bis gar nichts mehr geht und deren Männer sich *dazu* erst recht nicht überreden lassen."

„Eigentlich habe ich es auch E. L. James zu verdanken, dass ich dich kennen gelernt hab und von dir in jeder Hinsicht so herrlich verwöhnt wurde. Hätten meine Freundinnen und ich die Bücher nicht verschlungen und anschließend drüber diskutiert, dann hätte ich mein schmutziges, kleines Geheimnis, dass ich auf Spanking stehe, sicher noch weiter für mich behalten. Sie hätten dich nicht als Weihnachtsüberraschung zu mir geschickt und ich stünde jetzt nicht hier."

„So viel zum Thema: Bücher, die mein Leben veränderten. Aber jetzt zieh dich an, du hast doch Hunger."

Pizza und Privatleben

Hand in Hand liefen wir die Treppen hinunter, über die Straße zur Pizzeria, die tatsächlich genau gegenüber lag. Wir setzten uns an einen Zweiertisch in eine Nische. Die Bedienung kam, reichte uns die Karten, zündete die Kerze in der Mitte des Tisches an, fragte nach unseren Getränkewünschen. Er entschied sich für eine große Sprite, ich, da ich schließlich nirgendwo mehr hinfahren musste, ganz kühn für einen lieblichen Rotwein. Auch beim Essen hatten wir uns schnell entschieden. Er wählte eine große Pizza Hawaii, ich ebenfalls eine große Pizza „Vier Käse", dazu einen kleinen, gemischten Salat mit Joghurtdressing. Wir warteten auf unser Essen, nippten an unseren Getränken und ich platzte mit der Frage heraus: „Macht dich das eigentlich irgendwie an?"

„Macht mich *was* an?"

„Na ja, wenn du jeden Tag so viele und mitunter auch sicherlich ganz ansehnliche Frauenhintern nackt zu sehen bekommst und sie dann auch noch versohlen darfst, dir die Frauen unterwerfen kannst."

„Hast du deinen Gynäkologen schon mal gefragt, ob es ihn irgendwie anmacht, wenn er deinen Busen abtastet oder bei dir in Tiefen vordringt, die nie zuvor ein Mensch erblickte?"

Unwillkürlich musste ich über diesen zweckentfremdeten Satz aus dem Vorspann zu „Raumschiff Enterprise" grinsen während er fortfuhr: „Das ist für mich alles rein beruflich, nicht mehr und nicht weniger. Tatsächlich gab es bisher nur zwei Frauen, bei denen es mich angemacht hat. Die erste war Rita, die Freundin von meinem Kumpel, die mich ja überhaupt erst auf die Idee gebracht hat, zu Spankman zu werden. Die zweite Frau, bei der es mich sogar immer noch verdammt anmacht, bist du, du freches, kleines, heißes Luder. Woher kommt das nur, dass du so – ich möchte fast sagen, lebensnotwendig – regelmäßig den Hintern voll brauchst?"

„Wenn ich es eines Tages rausfinde, dann werde ich es dir mitteilen. Vielleicht bringt mich mein Studium ja noch auf die richtige Fährte. Hauptsache, du sorgst inzwischen immer schön dafür, dass mein Hintern nicht zu kurz kommt."

„Wird mir ein Vergnügen sein", erwiderte er. Kurz darauf wurden wir von der Bedienung unterbrochen, die unser Essen servierte. Während des Essens sprachen wir nicht viel, ließen es uns einfach nur schmecken. Irgendwann zahlte er, wir brachen auf. Wie würde dieser Abend jetzt weiter gehen? Würden wir zusammen oben in seinem Bett schlafen, morgen früh nebeneinander aufwachen, zusammen frühstücken? Aus diesen Gedanken heraus fragte ich: „Und, darf deine exklusive Privatkundin heute auch deinen Übernachtungsservice beanspruchen?"

„Tut mir leid, ein Andermal gern. Aber leider habe ich gleich morgen früh einen Termin bei einer

Kundin. Ganz schwerer Fall von *wirklich SEHR* ungezogenem Mädchen."

Nanu, war dieses drückende Gefühl, das da in mir hochkroch, etwa Eifersucht? Auf eine mir unbekannte Kundin, die es nötig hatte, *meinen* Dom an einem Samstagmorgen zu sich zu bestellen um ihn für das zu bezahlen, was doch *mir* zustand, und zwar ganz umsonst? Energisch versuchte ich dieses Gefühl zu unterdrücken, an seinen Vergleich mit dem Gynäkologen zu denken, der ja auch bei ungezählten Frauen in und an Körperregionen rumfummelt, wo außer dem Partner *eigentlich* keiner was zu suchen hatte. Wenn deren Ehefrauen bei diesem Gedanken jedes Mal im Quadrat springen wollten...

„Beruhig dich, Kira, das ist alles *rein geschäftlich!*", sprach ich mir selbst zu, konnte es aber nicht verkneifen, ihn zu fragen: „Sehr ungezogenes Mädchen? Etwa *noch* schlimmer als ich?"

„*Viel* schlimmer, ein geradezu hoffnungsloser Fall von Ungehorsam. Und alles Weitere ist Berufsgeheimnis."

Schicksalsergeben trottete ich hinter ihm her zu seinem Auto, ließ mich von ihm nach Hause fahren. Er brachte mich tatsächlich hoch in meine Wohnung, verabschiedete mich mit Kuss und Umarmung und mit den Worten: „Hör auf, dir den Kopf darüber zu zerbrechen, ob mich während meiner Sitzungen mit meinen Kundinnen *irgendetwas* antörnen könnte. Du bist die Einzige, bei der es mir mehr bedeutet, als nur mein Geld damit zu verdienen. Unvergleichlich *viel* mehr. Und glaub mir, das geb ich dir gerne schriftlich. Immer und immer wieder, in Striemenschrift auf deinem hübschen Popo. Und jetzt, gute Nacht, mein freches Mädchen. Denk dir noch ein paar nette Unarten aus, für die ich dich dann gebührend bestrafen kann."

Ein letzter Kuss und er war zur Tür hinaus, ließ mich verwirrt zurück. War das eben sowas wie eine Liebeserklärung gewesen? Eine sehr spezielle Liebeserklärung. Obwohl ich heute diesbezüglich schon mehr als gut versorgt worden war, ich konnte es kaum erwarten, dass er mir erneut in seiner ganz eigenen Handschrift seine Liebe erklärte.

Erst jetzt, wo ich allein zu Hause war, wurde mir bewusst, dass mein Handy den ganzen Abend über noch nicht einmal Laut gegeben hatte. Ungewöhnlich für meine beiden BFs, dass keine von ihnen gefragt hatte, wie ich den Freitagabend verbringen würde und ob wir nicht zusammen losziehen wollten. Also griff ich selbst zum Handy, tickerte eine SMS an Katja und Melinda, die da lautete: „Hi Mädels, wo seit ihr? Geht heute noch was?"

Katjas Antwort kam schnell. Sie schrieb mir, dass sie grad mit ihrem Ralf für einen Spätfilm an der Kinokasse anstand, ihr Handy gleich erst mal für die nächsten Stunden aus sein würde. Melinda antwortete mir erst sehr viel später, dass sie ihr Handy leider nicht dabei gehabt hätte, weil sie mit Jörg in der Mitternachtssauna gewesen war. Somit blieb ich den Rest des Abends mir selbst überlassen, mit viel zu vielen Gedanken, die mir durch den Kopf gingen. War das denn normal, dass Mädelsfreundschaften in den Hintergrund traten, sobald der richtige Kerl am Horizont auftauchte? Es hatte damit angefangen, dass die beiden mich Weihnachten sitzen ließen, um mit ihren Eroberungen weg zu fahren. Wobei sich das und die Überraschung, die sie mir stattdessen in Haus geschickt hatten, als der größte Glücksfall meines Lebens erwiesen hatte. Und jetzt, wo Wochenende war, *die* Zeit für das Trio Infernale, die Clubs unsicher zu machen, ging jede von uns mit ihrem Kerl ihren eigenen Weg, hatte keine von uns anscheinend auch nur daran *gedacht,* die anderen von ihren jeweiligen Vorhaben in Kenntnis zu setzen, zu fragen, was die anderen so planten. Ich selbst konnte mich auch nicht davon ausnehmen. Hatte doch auch ich mit keiner Silbe erwähnt, dass mein Dom mich für eine unvergessliche Erziehungssitzung abholen würde, erst jetzt, allein zu Hause, wieder an meine Freundinnen gedacht. Männer hin, Männer her, egal, *wie* großartig sie sein mochten (zumindest *meiner*), das langsame Absterben unserer Frauenfreundschaft war kein Mann wert. Jedoch war ich nicht in der Stimmung, nachzuschlagen, ob meine Fachliteratur etwas Geeignetes zum Thema zu sagen hatte. Stattdessen verkroch ich mich ins Bett, nahm mir den kürzlich beim stöbern auf dem Flohmarkt entdeckten Roman „Drei sind ein tolles Paar" von Kathy Lette vor und las, bis mir die Augen zufielen.

Frühstück und Freundschaft

Mit dem gleichen Gedanken, mit dem ich abends eingeschlafen war, wachte ich am nächsten Morgen auf. Nämlich, wie ich unsere Mädelsfreundschaft erhalten konnte, obwohl wir inzwischen alle einen festen Freund hatten. Entschlossen griff ich zum Handy, um Katja und Melinda zu simsen: *Wie wär's mit Brunch um 11:00 Uhr im Brunnencafé? Wir drei + Männer?*

Eine ähnlich lautende SMS schickte ich auch an Dom. Ob er Lust hätte, sobald er mit seiner Kundin fertig wäre. Meine BFs ließen mein Handy beinahe sofort mit ihren begeisterten Zusagen klingeln. Auf Doms Antwort wartete ich vergeblich. Dennoch ließ ich mir die Vorfreude nicht nehmen, hübschte mich dezent auf und saß pünktlich um 11:00 Uhr erwartungsvoll im Brunnencafé am Tisch. Kurz darauf tauchten beinahe zeitgleich Katja mit ihrem Ralf und Melinda mit Jörg auf. So *richtig* hatte ich die beiden Männer bisher noch nicht kennengelernt. Die beiden sich gegenseitig ebenfalls nicht. Das Sich-gut-verstehen war jedoch sofort gegeben. Ralf, der angehende Doktor der Philosophie, philosophierte mit Jörg, dem Innenausstatter schon bald was das Zeug hielt über den Einfluss der Inneneinrichtung auf das menschliche Wohlbefinden. Unwillkürlich stellte ich mir vor, wie alle drei Männer über den positiven Einfluss einer gelegentlichen Tracht Prügel auf das Liebesleben philosophierten. Und während sich die Männer meiner Freundinnen ausnehmend gut unterhielten, wir alle immer wieder zum Buffet gingen, um uns neue Köstlichkeiten auf unsere Teller zu laden, ich meinen Mädels im Flüsterton vom gestrigen Abend erzählte, wanderten meine Blicke immer wieder zur Tür. Wie lange hatte mein Dom denn noch mit seiner Kundin zu tun? Warum antwortete er nicht wenigstens auf meine SMS? Und würde ich ihn heute überhaupt noch zu Gesicht bekommen?

Als ich schon fast nicht mehr damit rechnete, knuffte mir Katja in die Seite und wisperte: „Achtung, groß und gutaussehend im Anflug."

So schnell konnte ich mich gar nicht umdrehen, wie er neben mir stand, mich mit Umarmung und Kuss begrüßte, sich sodann mit den anderen bekannt machte. Zunächst holte auch er sich etwas zu essen, nahm an der allgemeinen Unterhaltung teil. Ich hatte keine Chance, in Ruhe allein mit ihm zu reden. Bis endlich alle anderen erneut aufgestanden und Richtung Buffet gegangen waren.

„Na?", fragte ich schelmisch. „Hast du es geschafft, deine unartige Kundin zu einem braven Mädchen zu bekehren?"

„Hm, wenn 100 mit dem Lederriemen das nicht schaffen, was dann?"

„Und wann probierst du aus, ob es bei mir auch wirkt?"

„Ts, ts, ts, gierig und unersättlich. Hast du gestern nicht genug bekommen?"

„Mal überlegen. Für gestern? Ja. Für immer? Niemals!"

Er senkte seine Stimme zum Geflüster, weil die anderen inzwischen zurück waren: „Ich hab's dir ja schon erklärt. Gönn deinem Körper eine Pause, damit die blauen Flecken eine Chance haben, zu verheilen. Ansonsten, nächsten Freitag wieder? Was wir allerdings in der Zwischenzeit außer Spanking noch alles machen könnten…"

Sein Blick versprach mehr, als tausend Worte ausdrücken können und bewirkte das inzwischen vertraute, heiße Prickeln am ganzen Körper, die Vorfreude auf alles, was er mir in Zukunft noch zu bieten hatte. Grinsend dachte ich daran, dass sich in meiner Nachbarschaft ein Tattoo-Studio befand. Denn spontan war mir ein Gedanke gekommen für ein Tattoo, welches ich mit gern machen lassen würde. Den Schriftzug „Please spank me" quer über meinen Po. Doch für die Verwirklichung dieses Plans sollte mein Po ausnahmsweise striemenfrei sein.

Schneesturm

Meine erste gute Idee, diese abgelegene Waldhütte als geheimes Liebesnest anzumieten, hatte ich ja bereits. Nun, wie schon befürchtet, allzu viel Zeit hatten wir trotzdem nicht, uns dort gemeinsam zu vergnügen. Aber jetzt, zur Winterzeit dachte ich mir einen ganz besonderen Plan aus. Leicht war es nicht, so viel wie es zu koordinieren gab. Nicht nur mein Mann Gerd und ich mussten Zeit haben. Die Kinder übernimmt für ein paar Tage die Oma. Auch und vor allem mein heimlicher Lover Domian musste garantiert abkömmlich sein und zur verabredeten Zeit in der Hütte eintreffen. Ich will nämlich endlich und wirklich meine beiden liebsten Männer auf einmal für mich haben. Noch nie war ich ein Freund von „Entweder-Oder", dann schon lieber von „Ich will alles, und zwar sofort!" Ja ich weiß, ich pokere verdammt hoch und der Schuss kann auch gewaltig nach hinten losgehen. Aber frisch gewagt ist halb gewonnen. Da die kluge Frau vorbereitet ist, habe ich für einen mehr als ausreichenden Vorrat an Lebensmitteln, Getränken und Feuerholz gesorgt. Der Wetterbericht ist ebenfalls auf meiner Seite. Schneefall ist angesagt, vereinzelt sogar Schneegewitter und Sturm. Mehr kann ich jetzt auch nicht tun.

Gerd und ich fahren los, mit warmer Kleidung im Gepäck. Extra habe ich mich noch vergewissert, dass Domian auch ganz bestimmt kommen wird. Keiner der beiden Männer ahnt, worum es hier wirklich geht. Erste Schneeflocken beginnen bereits um unser

Auto zu tanzen und es werden stetig mehr. Leicht ist die steile, schmale, kurvenreiche Straße nicht zu bewältigen und die Sicht wird immer schlechter. Endlich, es ist geschafft. Aus der Dunkelheit der hereingebrochenen Nacht taucht die Hütte vor uns auf. Auto im kleinen offenen Schuppen abstellen, aussteigen, Türe aufschließen und erst mal den alten Kanonenofen anheizen. Strom gibt es hier genau so wenig wie fließendes Wasser. Aber die Petroleumlampen spenden ein schummriges Licht und wenn wir den Schnee schmelzen haben wir mehr als genug Wasser.

Ich bin beunruhigt, von Domian noch keine Spur. Ist ihm doch was dazwischen gekommen? Ist die Straße inzwischen unpassierbar geworden? Hatte er schlimmstenfalls einen Unfall? Immer wieder lausche ich nach draußen, ob sich Motorengeräusch nähert, schaue so unauffällig wie möglich auf mein Handy. Dann höre ich es deutlich, sehe beim Blick aus dem Fenster endlich die ersehnten Scheinwerfer, deren Licht sich durch den wirbelnden Schnee und die Dunkelheit frisst. Gerd schaut mich irritiert an, als das für ihn unerwartete Auto ebenfalls unter dem Schuppendach hält, der Fahrer aussteigt und an die Tür klopft. Dann stehen sie sich gegenüber, meine liebsten, wichtigsten Männer. Mein Ehemann und meine nicht ganz so heimliche Liebe. Beide sind mir wichtig, auf keinen von ihnen mag ich verzichten und dies hier ist einfach mein Versuch, sie beide einander nahe zu bringen, auch ihnen zu zeigen, keiner muss der Konkurrent des anderen sein. Ich liebe sie beide und habe genug für beide zu bieten. Und ich will, dass ihnen das endgültig klar wird. Ob ich Erfolg haben werde...?

Zunächst sind sie beide fassungslos, Gerd noch weitaus mehr als Domian. Ich versuche, erst mal gar nicht auf die angespannte Situation einzugehen, sage betont sachlich: „Jungs, macht die Tür zu, sonst kommt der ganze Schnee rein und die Wärme geht raus."

Dann stehen wir also da, so nahe beieinander, dass wir uns leicht berühren könnten, was ich schließlich und endlich auch tue. Ich nehme Gerd und Domian an die Hand, sehen sie beide an und erkläre: „Ich weiß, das ist jetzt ein Schock für euch, dass ihr hier miteinander konfrontiert werdet. Aber es musste einfach sein. Ich liebe euch beide, will auf keinen von euch verzichten. Und deswegen ist es mir verdammt wichtig, dass ihr euch versteht, euch nicht als Konkurrenten betrachtet."

Die beiden sagen erst mal gar nichts, halten zunächst bewusst Abstand von mir und erst recht voneinander. Das wird sich schon einrenken, hoffe ich. Denn das Wetter ist auf meiner Seite, der Schneefall nimmt stetig an Heftigkeit zu, Sturm ist hinzu gekommen und tatsächlich, vereinzelt zucken Blitze über den winterlichen Nachthimmel und dumpfer Donner grollt. Selbst der Handyempfang ist durch das Unwetter gestört. Niemand möchte unter diesen Umständen die sichere Behaglichkeit der inzwischen mollig warmen Hütte verlassen und sich durch die Unbilden des Wetters kämpfen.

Statt vieler Worte stelle ich jedem meiner Männer ein Bier hin, schneegekühlt, und mache mir selbst auf dem Ofen einen Glühwein heiß. Tatsächlich, der Alkohol trägt dazu bei, die angespannte Stimmung nach und nach aufzulockern. Beim dritten Bier angekommen fangen meine Männer tatsächlich an, miteinander zu *reden*. Ich kann es nicht fassen! Aus dem zunächst recht einsilbigen Gespräch entwickelt sich nach und nach tatsächlich ein richtiger Austausch wie unter guten Kumpels. Ich sage nichts, sitze einfach nur daneben über meinem Glühwein und freue mich, dass mein Plan anscheinend doch aufgeht.

Hunger meldet sich und mein Mann macht sich daran, uns in der großen, gusseisernen Pfanne auf dem Ofen was zum Essen zu brutzeln. Bratkartoffeln mit Zwiebeln und Speck. Das ebenso einfache wie gute Essen, herunter gespült mit weiterem Bier bzw. Glühwein trägt seinen Teil dazu bei, die Stimmung weiter steigen zu lassen. Das einzige, was jetzt noch unangenehm ist, dass wir zur Toilette – genauer zum Kompostklo – durch den kalten, halboffenen Schuppen müssen. Ganz schnell raus und noch schneller wieder rein.

Waschen und Zähne putzen wie zu Omas Zeiten mit Wasserkrug über einer dieser großen, weißen Emailschüsseln. Geschmolzener Schnee als Waschwasser und zum Geschirr spülen ist jedenfalls genug vorhanden.

Meine Männer sitzen tatsächlich noch eine ganze Zeit zusammen und pokern. Ich verstehe nichts davon, hab auch keine Lust, es zu lernen, begnüge mich mit zuschauen.

Schließlich beginne ich, demonstrativ zu gähnen, signalisiere damit, dass es Zeit wird, ins Bett zu gehen. Das einzige vorhandene Bett ist zweifellos groß genug, dass wir zu dritt darin Platz haben, wenn wir uns eng aneinander kuscheln. Eine andere Schlafmöglichkeit gibt es nicht, wenn nicht einer von beiden den Fußboden oder die hierfür viel zu kurze, schmale Bank vorzieht. Wir kriegen das hin, Gerd rechts, ich in der Mitte, Domian links. Die Petroleumlampen sind jetzt aus, das einzige Licht ist der Feuerschein, der durch die Ritzen der Ofentür dringt. Anfangs sind beide Männer sehr verkrampft, vermeiden tunlichst, mich mehr als nötig zu berühren. Doch dann fangen ihre Hände von beiden Seite an, sich langsam und vorsichtig über meinen Körper zu tasten. Wie elektrisiert fahren sie jedoch zurück, sobald sie sich gegenseitig dabei streifen. Ich fange ebenfalls an, sie beide zu streicheln und abwechselnd zu küssen. Und das Wunder geschieht. Wir werden alle immer lockerer und unverkrampfter, empfinden die Situation mehr und mehr als völlig normal. Sollte es jetzt noch Konkurrenzdenken unter meinen beiden Männern geben, dann besteht dieses höchstens darin, wer es mir am besten, am längsten, am häufigsten besorgen kann.

Puh, so erschöpft war ich schon lange nicht mehr, meine Männer aber offensichtlich auch nicht als wir endlich ausgelaugt und verschwitzt nur noch eins wollen. Schlafen!

Der neue Morgen bricht heran! Kein Sturm und kein Gewitter mehr. Die Schneedecke glitzert und funkelt unter strahlendem Sonnenschein. Feuerholz nachlegen, um den Ofen wieder richtig in Gang zu kriegen, frischen Schnee schmelzen fürs Kaffeewasser, Brotscheiben auf dem Ofen rösten, gemütlich und entspannt den Tag beginnen. Und obwohl das

Wetter es jetzt ohne Weiteres zuließe, dass wir wieder nach Hause fahren, hat keiner von uns wirklich Lust dazu. Scheint so, als hätte ich gewonnen!

Sexy new Year

Jahresende, Silvester, wieder einmal. Ich habe nie verstanden, wieso das immer so groß gefeiert wird. Ein Jahr ist um, was hat es gebracht? Ein neues Jahr kommt, was soll daran schon besser werden als bisher? So dachte ich auch an diesem Jahreswechsel, den ich zusammen mit meiner guten Freundin und unseren Nachbarn feierte. Was heißt feiern? Meine Freundin und ich hockten trübsinnig auf dem Sofa, tranken beide viel zu viel von der tröstlich-köstlichen Bowle, dachten mit Bedauern daran, was in diesem vergangenen Jahr wieder alles schief gelaufen war. Meine Freundin hatte grad eine unglückliche lesbische Beziehung hinter sich. Meine Partnerschaft war auch irgendwie festgefahren, lief nicht mehr rund. Wie das im neuen Jahr werden sollte? Daran mochten wir beide nicht denken. Ich weiß heute nicht mehr, wer von uns zuerst anfing, vor Frust zu heulen, nur noch, dass wir uns tröstend in die Arme nahmen. Wenn uns schon sonst keiner liebt, dann wollten wir uns wenigstens gegenseitig Halt geben. Zunächst war es wirklich nur Trost, dass wir uns drückten, streichelten, festhielten, aber dann…

Fast wie von selbst berührten sich unsere Lippen, wir küssten uns so innig, wie ich noch nie von einem Mann geküsst worden bin. Unsere Hände wurden fordernder, wir berührten uns auch an Stellen, wo sich „einfach nur Freunde" normal nicht berühren. Und das mir, wo ich doch eigentlich so hetero wie nur was bin, mich sonst nur echte Muskelmänner anmachen! Doch das war an diesem Abend, in dieser Situation, irrelevant.

Wir mussten gar nichts sagen, standen gleichzeitig auf, gingen ins Schlafzimmer, sanken aufs Bett. Im Nullkommanichts hatten wir uns unserer Kleidung entledigt. Meine Freundin, die ja, wie bereits erwähnt, schon lesbische Erfahrungen hatte, ging richtig ran. Streichelte und leckte meine intimste Stelle so sehr, dass ich bald nur noch zittern, keuchen und stöhnen konnte. Und ich wollte sie ebenfalls verwöhnen. Nie hätte ich gedacht, dass es so schön sein könnte, ihre festen Brüste mit meiner Zunge zu umspielen, daran zu saugen, mit meinen Fingern in ihre feuchte Spalte einzudringen. Auch ich streichelte und leckte sie bis zum Orgasmus. Wir liebten uns gegenseitig ins neue Jahr hinein während alle anderen draußen die Raketen in den Himmel zischen ließen. Und während wir innig miteinander kuschelten musste ich mir eingestehen, dass ein weicher, anschmiegsamer Frauenkörper, das liebevolle Verständnis einer Freundin mitunter einem harten, männlichen Körper, dem meist männlichen Unverständnis, vorzuziehen ist.

Auch im neuen Jahr landeten wir noch mehrmals miteinander im Bett, wurden oft spontan ganz heiß aufeinander, heizten uns mit Liebes-SMS an, wenn die jeweils andere mal nicht da war. Ich weiß noch nicht, ob ich auf Dauer für eine lesbische Beziehung geschaffen bin. Aber, ob mit oder ohne Sex, wir werden immer gute Freundinnen bleiben. Scheint so, als würde das neue Jahr doch nicht ganz so übel werden.

Das unmoralische Angebot

Angefangen hatte alles als ganz harmloser Chat über ICQ. Diesen ICQ-Kontakt hatte ich über einen Kumpel von mir kennen gelernt. Zunächst nur online, einmal hatten wir uns dann zu dritt getroffen; mein Kumpel, sein Freund und ich. Es hat mir als Frau noch nie Probleme bereitet, mit Männern ganz locker bekumpelt zu sein. Wir verstanden uns, vertrauten uns, sprachen recht offen auch über unsere Probleme. Von ihm wusste ich, dass er Mitte 20 ist, schon lange vergeblich nach einer netten Freundin sucht und entsprechend ausgehungert ist nach Sex. So recht verstehen konnte ich nicht, dass sich keine Frau für ihn interessiert. Netter Typ, sieht gut aus, Frau kann sich gut mit ihm unterhalten, also wo liegt das Problem? Er selbst weiß das auch nicht und ich als Ehefrau und Mutter kann ihm auf dem Gebiet jedenfalls nicht geben, was er braucht. Dachte ich!

An diesem Abend traf es sich, dass wir wieder zur gleichen Zeit online waren und ins plaudern kamen. Nach einigen allgemeinen Belanglosigkeiten seine Aussage: „Ich brauch Sex!"

Zunächst schreibe ich zurück, dass ich ihm da wohl kaum weiter helfen kann. Das Thema hatten wir bereits. Leider gibt es in meinem Bekannten-, Verwandten- und Freundeskreis keine Frau, mit der ich ihn diskret verkuppeln könnte. Dann fragt er mich doch glatt, ob ich Lust hab, mit ihm zu ficken. Klar, dass ich das ablehne, zurück frage, ob er das ernst meint. Er weiß doch, dass ich verheiratet bin. Seine

Antwort lautet, dass mein Mann doch nichts davon erfahren muss. Und er würde mich auch bezahlen.

„Bezahlen?", schreibe ich zurück. „Warum gehst du dann nicht gleich zu einer Nutte?"

„Nein, ich will nicht irgendeine, die vor mir schon zig andere hatten. Dich kenn ich, dich mag ich, dir vertraue ich."

„Aber warum suchst du dir keine, die jünger und hübscher ist als ich? Immerhin trennen uns 14 Jahre! Und vielleicht hast du ja doch Glück, findest ein nettes Mädel in deinem Alter, das ledig ist und es wird sogar mehr daraus als nur eine Bettgeschichte."

„Darauf warte ich schon viel zu lange. Noch länger halt ich das nicht aus! Also, machst du's?"

Ich sitze eine ganze Zeit einfach nur da und starre auf den Bildschirm. Absurd ist das alles! Jawohl, absurd! Dann tippe ich: „Hast du mit deinem Freund irgendeine abgedrehte Wette laufen, wer von euch mich auf welche Art und Weise ins Bett kriegt?"

„Nein, ich meine das ernst!" Nach einer kurzen Pause kommt noch ein „BITTE!!!" hinterher. Ich grübele immer noch und erwäge tatsächlich, sein Angebot anzunehmen. Nein, das ist doch oberschäbig. Gegenüber meinem Mann schon mal sowieso und gegenüber ihm auch, seine quasi Notlage ausnutzen und Kapital daraus schlagen. Und trotzdem, da ist er, der Reiz des Verbotenen. Erfahren muss es niemand außer uns beiden. Und das Geld...?

Er ist Junggeselle, ich habe eine Familie durchzuziehen und da reicht es mit dem Geld oft hinten und vorn nicht. Was müsste ich schon dafür tun? Es ist doch nur Sex! Zudem mit einem Mann, der mir durchaus gefällt, zu dem ich – wäre ich eben *nicht* verheiratet – keineswegs nein sagen würde. Aber, wie viel kann ich für derartige Dienste überhaupt verlangen? Davon hab ich nun absolut keine Ahnung. Unter Wert will ich mich jedenfalls nicht verkaufen, ihm aber auch nicht das Gefühl geben, dass ich ihn ausnehme wie eine Weihnachtsgans. Zögernd schreibe ich schließlich: „Das ist ja fast wie in dem Film „Ein unmoralisches Angebot", nur das wir wohl kaum über solche Summen verhandeln."

„Nein, Millionen kann ich dir leider nicht bieten", schreibt er zurück. „Wie viel willst du dafür?"

Ich überlege. 100,- €, 200,-€,? Nein, zu wenig! 300,-€ sollten es schon sein. Bin ich eigentlich von allen guten Geistern verlassen, ihm das tatsächlich so zu schreiben?

„300,-€?", kommt seine Frage zurück.

300,-€ mal eben nebenbei verdient, ohne allzu viel Anstrengung und Zeitaufwand. Was kann ich der Familie dafür alles gönnen? Die Kinder brauchen dringend neue Schuhe. Der Kühlschrank könnte mal wieder mit ein paar extra Leckerbissen gefüllt werden, die normal nicht auf dem Speiseplan stehen. Vielleicht kann ich endlich wieder mit meiner Freundin ausgehen. Wenn wir eine Gemeinsamkeit haben dann, dass wir beide chronisch pleite sind. So ein richtiger Mädelsabend war schon viel zu lange nicht mehr drin. Oder ein gemeinsames Essen mit meinem Mann? Ein gemeinsamer Kinobesuch? Ein Schwimmbadbesuch mit der ganzen Familie? Auch solche Aktivitäten sind schon viel zu lange her. So plane ich, meine Familie zu betrügen und ihr damit gleichzeitig etwas Gutes zu tun. Also stimme ich zu: „Gut, 300,-€ und absolute Diskretion. Keiner darf davon wissen, auch nicht unser gemeinsamer Freund. Gerade er nicht! Klar?"

„Ja, klar! Und wann?"

Ich denke nach. Eigentlich kommt nur mein pauschal freier Abend in Frage, an welchem ohnehin unser Babysitter da ist. Die einzige Möglichkeit für mich, mich heimlich „wegzuschleichen" ohne Verdacht zu erregen. So wird der Termin also festgelegt. Wir unterhalten uns noch eine Weile weiter, über ganz allgemeine Dinge, so, als hätten wir nicht eben gerade ein absolut heikles Thema geklärt, dann gehen wir beide offline.

In den Tagen bis zum festgelegten Termin bin ich nervös und voller Zweifel. Trotzdem bleibe ich bei meinem Entschluss. An dem großen Abend mache ich mich zurecht. Nur ein kleines bisschen, bloß nicht zu sehr aufbitchen, wie es im neumodischen Sprachgebrauch der Jugend neuerdings heißt.

„Betrachte es als rein geschäftliche Abmachung", sage ich mir selbst, als ich schließlich ins Auto steige und los fahre. Dann stehe ich vor seiner Tür. Eine eigene Wohnung hat er nicht, nur ein Zimmer in einem Wohnheim. Also wenigstens eine Tür, die wir abschließen können damit uns keiner stört. Ich merke gleich, dass er mindestens genau so nervös ist wie ich, wenn nicht noch nervöser. Kurze Begrüßungsfloskeln. Mir geht durch den Kopf, dass ich sicherheitshalber eigentlich Vorauskasse verlangen sollte. Dann jedoch beschließe ich, ihm einfach zu vertrauen. Und plötzlich gelingt es mir, fast so, als hätte jemand einen Schalter umgelegt, ganz und gar im Hier und Jetzt zu sein. Alles, was vorher war und hinterher noch kommen wird, ist bedeutungslos. Jetzt ist da dieser Mann. Er ist jung, gut aussehend, nett, schüchtern und platzt fast vor Geilheit. Und er will mich!

Wir fallen uns in die Arme, fangen an, uns wild zu küssen, taumeln gemeinsam zum Bett hinüber, sinken darauf. Reißen uns die Kleider vom Leib und kommen ziemlich schnell zur Sache. Ich denke nicht, will nicht denken, nur fühlen, mich mitreißen lassen, ihm Gutes tun und dabei selbst tiefe Befriedigung erfahren. Kann kaum glauben, dass ich nach so vielen Ehejahren überhaupt noch dazu in der Lage bin, es mit einem anderen Mann zu tun. Mag das schlechte Gewissen kommen, irgendwann, später. Jetzt, in diesem Moment, sind wir beide glücklich und erschöpft. Er drückt mich an sich, murmelt leise: „Danke, es war sehr schön mit dir."

Ich finde in die Wirklichkeit zurück, stehe auf, suche meine Kleider zusammen, ziehe mich wieder an, bürste mir die Haare. Auch er steht auf und zieht sich an. Wir reden nicht mehr, Worte sind überflüssig. Er drückt mir einige Geldscheine in die Hand. 500,-€! Mehr, als wir abgemacht hatten. Einen winzigen Moment überlege ich, ihm sein Geld zurück zu geben, dann stecke ich es entschlossen in die Tasche. Ein sehr förmlicher Händedruck zum Abschied und ich gehe hinaus zu meinem Auto um zurück zu meiner Familie zu fahren.

Und morgen gehe ich als erstes mit dem Kindern neue Schuhe kaufen und neue Jeans, denn die alten sind an den Knien schon durchgescheuert.

Doppel-Hengst

Angefangen hatte alles als ganz normaler Familiennachmittag. Mein Mann und ich sind mit den Kindern ins Freizeitbad gegangen. Begleitet wurden wir von einem Freund der Familie, der überraschend an diesem Tag zu Besuch gekommen war. Zu fünft hatten wir uns gründlich ausgetobt. Und ich war die ganze Zeit über mehr und mehr heiß geworden. Zwei große, muskulöse Kerle – meinen eigenen und unseren gemeinsamen Freund – den ganzen Nachmittag lang nur mit Badehosen bekleidet zu sehen! Wer weiß, was da schon alles passiert wäre, hätten wir die Kinder nicht dabei gehabt. Zwei solche Leckerlis auf einmal! Ich gebe ja zu, unseren Freund hätte ich schon lange flachgelegt, wenn ich nicht ganz die treusorgende Mutter und Ehefrau wäre.

Wieder zu Hause aßen wir zunächst gemeinsam Abendbrot, dann brachte ich die Kinder zu Bett. Sobald die lieben Kleinen schliefen kehrte ich zu den Männern ins Wohnzimmer zurück. Die beiden Prachtstücke da sitzen zu sehen machte mich schon wieder ganz kribbelig und ich spürte, wie ich feucht im Schritt wurde. Schon an der Tür sagte ich zu ihnen: „Wenn ich euch beiden so sehe, dann fallen mir eine Menge unanständiger Sachen ein!"

Ich tänzelte zu ihnen rüber, setzte mich zwischen sie, legte jedem eine Hand auf den Oberschenkel. Dass ich sie so offensichtlich anmachte schien meine Männer ganz schön zu irritieren. Aber ich war jetzt einmal in Fahrt, wollte sie endgültig beide!

Ich setzte mich bei meinem Mann auf den Schoß, begann ihn leidenschaftlich zu küssen, nahm dabei die Hand unseres Freundes und führte sie unter mein T-Shirt zu meinem Busen. Nach anfänglichem Zögern griff er bereitwillig zu und bald spürte ich seine zweite Hand zwischen meinen Schenkeln. Ziemlich schnell brachte ich meine Männer in Fahrt und bald hatten sie mich ausgezogen, erwarteten nun von mir, dass ich das gleiche mit ihnen tat. Vier Hände, die über meinen nackten Körper glitten, zwei Paar heiße Lippen und Zungen, die mich abwechselnd küssten, ich glaubte zu explodieren! Wie gut, dass ich zwei Hände hab, sie somit gleichzeitig an ihren besten Stücken verwöhnen konnte. Und was für Ständer! Überraschend für mich war es unser Freund, der mich als erster nahm. Nach langen Jahren der Monogamie plötzlich wieder ein Mann, der mir noch nicht vertraut war, nach dem ich mich aber schon lange heimlich gesehnt hatte.

Es schien förmlich, als wollten die Männer damit wetteifern, wer es mir am besten besorgen könnte. Insgeheim hatte ich Eifersucht befürchtet, aber keine Spur davon. Sie konzentrierte sich ganz darauf, mich von einem Orgasmus zum nächsten zu jagen. Vor Glück hätte ich weinen mögen! Vor allem, als ich am nächsten Morgen in unserem Bett aufwachte und rechts und links von mir je ein wunderbarer Mann kuschelte.

Noch weiß ich nicht, ob und wie unsere Dreiecksbeziehung weiter laufen wird. Aber dieses unübertreffliche Erlebnis kann mir keiner mehr nehmen.

Sexy Soldiers

Kennen gelernt hatte ich die beiden Jungs übers Internet, über ein Online-Spiel, welches wir spielten. Zunächst haben wir nur fleißig über ICQ miteinander gechattet und dabei so einiges übereinander erfahren. Donny und Sascha waren Soldaten, beide mehrere 100 Kilometer von zu Hause weg stationiert, dafür in einer Kaserne ganz in meiner Nähe. So ergab es sich beinahe zwangsläufig, dass wir uns auch mal persönlich trafen. Die Handynummern wurden ausgetauscht, Zeit und Datum vereinbart, wann ich mit den beiden Jungs um die Häuser ziehen würde. Ich weiß selbst nicht, was ich vorher von diesem Abend erwartet hab, von diesem Treffen mit zwei Männern, die ich im Grunde ja noch gar nicht kannte. Am PC kann schließlich jeder viel erzählen. Nichtsdestotrotz bereitete ich mich auf alle Eventualitäten vor, rasierte mir sorgfältig die Beine, Achselhöhlen und meine Muschi, zog mein rotes Spitzenhöschen + passenden BH an, dazu meine neue Jeans und ebenfalls neues Glitzerpaillettentop. Haare gestylt, Wimpern getuscht, Lidstrich, zu guter Letzt noch Schuhe aufpoliert, ich war bereit fürs Abenteuer. Beschwingt stieg ich ins Auto und fuhr los Richtung Kaserne, stellte mein Auto auf dem Parkplatz vorm Tor ab. Ein kurzer Anruf auf Donnys Handy: „Ich bin jetzt da!", dann wartete ich gespannt auf meine beiden Chatpartner. Kurz darauf kam ein Auto rasant aus dem Tor gebraust, hielt neben meinem auf dem Parkplatz. Wir stiegen aus und... ja, die Jungs konnten sich sehen lassen. Sascha war etwa so groß wie ich, Typ gemütlicher, blonder

Knuddelteddy mit den blauesten Augen, die ich je gesehen hab. Und Donny, wow, ein Zwei-Meter-Muskelhengst zum dahin schmelzen! Kurze Vorstellung, ein paar höfliche Floskeln, dann stiegen wir in Donnys Auto um zur Disko zu fahren. So richtig in der Disko abtanzen war schon immer mein Ding gewesen. Aber den Laden, in den die Jungs mich mitnahmen, kannte ich bis Dato noch nicht.

So tanzwütig wie ich waren die beiden zwar nicht, standen die meiste Zeit nur am Rande der Tanzfläche. Aber wenn sie denn tanzten kamen wir uns doch schon verdammt nahe. Ihre Körper pressten sich eng an meinen, wie zufällig berührten sie meinen Busen, meinen Po. Als ich mich, nachdem ich mich einige Zeit allein ausgetobt hatte, unbemerkt den beiden näherte, schnappte ich Gesprächsfetzen von ihnen auf wie: „…..scharfe Braut….heiße Votze….mal richtig besorgen…. flachlegen…." Kein Zweifel, die sprachen über mich. Kaum hatten sie mich bemerkt verstummten sie wie auf Kommando, grinsten mich nur an. Alkohol tranken wir alle nicht. Donny, weil er noch fahren musste. Ich, weil ich klaren Kopf bewahren und irgendwann ja mit meinem eigenen Auto wieder nach Hause wollte. Sascha wohl aus Loyalität ebenfalls nicht. Und dann machten wir uns schließlich wieder auf den Rückweg.

Aber, was wurde das jetzt? Donny hielt keineswegs auf dem Parkplatz vor der Kaserne, um mich wieder bei meinem Auto aussteigen zu lassen, der fuhr direkt vors Tor, stieg aus, zeigte dem Wachsoldaten seinen Truppenausweis, welcher uns daraufhin anstandslos passieren ließ. Hätte vielleicht auch nicht bei jedem so einfach geklappt, aber die beiden waren Unteroffiziersdienstgrade und wohl auch schon bekannter in der Kaserne. Einen kurzen Moment lang kam so was wie Panik in mir auf. Was tat ich hier? Was die Jungs vorhatten, daran bestand kein Zweifel und auch nicht daran, dass sie mich beide wollten, dass nicht einer von ihnen sich brav allein in sein Bettchen verziehen würden, dem anderen den ganzen Spaß allein gönnen würde. Wir hielten vorm Kompaniegebäude. Zwischen den Jungs ging ich, mit zugegeben etwas weichen Knien, hinein. Der UvD, der ja eigentlich wohl darauf zu achten hatte, dass sich kein Unbefugter ins Gebäude einschleicht, war reichlich abgelenkt, teils vom Fernsehprogramm, teils von einem Telefonat, welches er gerade führte. Der erkannte wohl nur seine beiden Kameraden, nahm von mir, teilweise verborgen hinter dem großen Donny, gar keine Notiz. Die Treppen rauf und in die Stube, welche die beiden bewohnten. Und dort merkte ich sofort, wie ausgehungert Donny und Sascha – beide seit längerem ohne eine Freundin – waren. Die Tür war noch nicht ganz zu, da hatte ich schon keine Hosen mehr an. Nacheinander nahmen sie mich gleich erst mal im Stehen über den Tisch gebeugt. Ich weiß nicht, wie ich es fertig brachte, leise zu sein, nicht laut rauszustöhnen und zu schreien. Ein letzter Rest von Vernunft hämmerte mir immer wieder ein, dass das verdammt peinlich sein würde, wenn was weiß ich wie viele hundert Soldaten um uns herum alles mitbekommen würden. Dass die Bundeswehr ihre Männer verdammt gut trainiert, diese Erfahrung machte ich in den nächsten Stunden. So viel Kondition hat garantiert kein Zivilmuckel. Woher die Jungs ihren Einfallsreichtum bezogen kann ich allerdings nur raten, aber ich lernte einiges an neuen Stellungen und Spielarten in dieser Nacht. Sogar, dass Spielchen mit Handschellen – gehören die eigentlich zur Standartausrüstung für Soldaten? – ihren Reiz haben können.

In den frühen Morgenstunden schlief ich erschöpft in Donnys Bett ein mit seinem Kopf auf meine Brust gebettet um, wie es mir schien, gleich darauf wieder geweckt zu werden.

Scheiße, verdammt, meine sexy Soldiers mussten sich wieder auf ihren Dienstantritt vorbereiten und ich, ja, ich musste auch ganz schnell wieder fit für die Arbeit werden. Sascha spähte aus der Tür um mich dann vorsichtig in einem unbeobachteten Moment zum Damenduschraum zu lotsen. Diesen hatte ich zum Glück für mich allein. Weibliche Soldaten schien es in dieser Kompanie nicht zu geben. Genau so vorsichtig wieder raus aus dem Duschraum, damit mich auch bloß keiner sieht. Jetzt musste ich nur noch aus dem Gebäude raus und vom Kasernengelände runter kommen, ohne dass mich einer sieht und dumme Fragen stellt. Donny brachte mich fix in seinem Auto nach draußen, setzte mich bei meinem Auto ab.

„Und, wann wiederholen wir das?", fragte er, küsste mich noch kurz zum Abschied und verschwand wieder in der Kaserne.

Ich konnte mich an diesem Tag nur schwer auf meine Arbeit konzentrieren. Und bisher wusste ich auch noch nicht, dass man vom Sex tatsächlich Muskelkater kriegen kann. Wann wir das wiederholen?

Nun, ich weiß es noch nicht, aber sicher treffen wir uns heute Abend wieder im Chat und dann...?

Hausmannskost mit Nachtisch

Natürlich muss *mir* sowas passieren! Da hab ich es endlich geschafft, mit diesem wahnsinnig tollen Mann, der mir seit Monaten den Kopf verdreht, in seinem Schlafzimmer zu landen. Wir tauschen ersten Küssen, tasten mit gierigen Händen über noch bekleidete Körper, da steht *Sie* plötzlich in der Tür. Seine Frau!

Bislang kannte ich sie nur flüchtig und es hat mich nicht weiter interessiert, dass es sie gibt. Wenn er trotzdem auf mich anspringt, so what! Bestimmt ist sie total nett. Und sicherlich auch intelligent und kompetent. Ansonsten ist sie ungefähr so spektakulär wie ein langweiliges Hausfrauenessen. Für jene, die sich darunter nichts vorstellen können: Ein typisches Hausfrauenessen besteht für mich aus mehr oder weniger zähem, fettem, geschmacklosen Fleisch, Kartoffeln und dem Klassiger schlechthin, Erbsen- und Möhrengemüse. Ein Essen, welches man nur deshalb mit spitzen Zähnen widerwillig in sich rein mampft, weil Mutti es im Leben nicht verzeihen würde, wenn man den Teller von sich schieben und stattdessen eine Pizza bestellen oder gleich zu Mäcces entschwinden würde. Und weil nur der etwas vom süßen, leckeren Nachtisch bekommt, der brav seinen Teller leer gegessen hat.

In dieser Situation bin ich jetzt. Wenn ich den verführerischen Nachtisch haben will, dann muss ich wohl oder übel zuerst die Hausmannskost essen. Sie steht da, noch immer im Türrahmen, sprachlos, sieht irgendwie blass aus, kann nicht begreifen, was sie da vor sich sieht. Wenigstens hat er meinen Blick richtig verstanden und hält sich zurück, versucht sich nicht an fadenscheinigen Erklärungen und Entschuldigungen, die alles noch schlimmer machen würden. Ohne Worte hab ich ihm signalisiert: „Ich regel das!", und er setzt sich brav in einen Sessel in der Zimmerecke. Ich bin es, die ihr klar machen muss, dass sie nicht zu kurz kommt, selbst *wenn* ich mir so ab und an ihren Mann „ausborge".

Mit den Worten: „Hi Schätzchen!", gehe ich auf sie zu, umfasse mit der Rechten ihren Kopf, ziehe sie zu mir heran und beginne, sie zu küssen. So richtig mit Zunge. Zunächst sträubt sie sich, stemmt sich gegen mich, hat aber körperlich ohnehin keine Chance gegen mich. Denn ich bin locker einen Kopf größer als sie und um einiges kräftiger gebaut. Mitunter beschlich mich schon die Frage, ob ein Kaltblutpferd tatsächlich versuchen sollte, in der gleichen Liga zu spielen, wie die edlen Vollblüter. Wobei, wenn ich sie so anschaue, dann ist sie bestenfalls ein kleines Ponystütchen. Er hingegen, er ist durch und durch ein echter Rassehengst.

Sie ist so geflasht – um es mal in modernem Jargon auszudrücken – dass sie sich schließlich ergibt, meinen Kuss nicht nur geschehen lässt, sondern sogar erwidert, während meine Finger ihre fransigen, blonden Haare zerwühlen. Sie weiter küssend knöpfe ich ihre brave, langweilige Bluse auf, lasse sie von ihren Schultern auf den Boden gleiten. Dränge sie dabei in Richtung Bett. Streife ihr das Unterhemdchen über den Kopf, hake den BH auf. Süß ist sie ja schon, irgendwie. Ich bin über ihr, befreie sie von ihrer Hose, den Socken, zuletzt von ihrem Slip. „Dreh dich auf den Bauch", sage ich, sanft und leise und doch ist es ein unmissverständlicher Befehl. Sie sieht mich groß an und ... gehorcht. Wie gut, dass ich Massageöl mitgebracht habe, womit eigentlich *Er* mich verwöhnen sollte. Großzügig verreibe ich mir das schokoladenduftende Öl in den Händen, beginne, sie zu massieren. Schultern, Nacken, Rücken, langsam und sinnlich. Wie gut, dass ich als Frau weitaus besser weiß, als jeder Mann, worauf Frauen wirklich stehen. Wenn ich mein eigentliches Ziel erreichen will – *IHN!* – dann muss ich mir jetzt mit ihr Zeit lassen, viel Zeit.

Ich kann nicht widerstehen, ihrem kleinen, festen Popo einen vielleicht etwas zu heftigen Klaps zu geben. Aufkeuchend zuckt sie zusammen. „Schscht!", mache ich streng, gebe ihr einen weiteren, etwas sanfteren Klaps. Dort, wo ich getroffen hab, ist ihre Haut leicht gerötet. Ich fahre mit meiner Ölmassage fort, knete ihre Pobacken, streiche ihre Beine, rauf und runter. Nehme mir ihre Füße vor, jeden einzelnen Zeh.

„Umdrehen", befehle ich schließlich. Langsam, fast wie in Trance, rollt sie sich vom Bauch auf den Rücken. Ich widme mich weiter ihrer Massage. Vorsichtig gleiten meine öligen Fingerspitzen über ihr kindlich-kleines Gesicht, den Hals hinunter, zu ihren Brüsten. Hier greife ich kräftiger zu, knete sie intensiv. Vor allem die Brustwarzen, die ich zwirbele und langziehe, bis sie gequält aufseufzt und ihre Brustwarzen mir fest und steif entgegen stehen. In langsamen Bewegungen kreise ich um ihren Bauchnabel, weiter nach unten, das lockige Dreieck zwischen ihren Beinen zunächst bewusst aussparend. Mache mit der Vorderseite ihrer Beine weiter, rauf, runter, rauf und fasse mit bestimmendem Griff, der sie erneut aufseufzen lässt, in ihren Schritt. Ein einzelner Finger tastet sich langsam in ihren feuchten Spalt, findet und umspielt ihre Liebesperle. Wieder einmal bin ich froh, als Frau nur zu genau zu wissen, wie und worauf Frau reagiert. Männer sind für solche „Feinarbeit" oft beim besten Willen zu ungeschickt. Ich errege sie immer intensiver. Spüre, wie ihr weiches, feuchtes Fleisch unter meinen Fingern zu pulsieren beginnt. Reize ihre sensibelste Stelle unbarmherzig weiter, während ihr Körper sich windet, ihre Hände ins Laken krallen. Ein letztes, keuchendes Aufbäumen und sie liegt ermattet still, ganz still.

„Schlaf jetzt!", sage ich, gebe ihr einen mütterlichen Kuss auf die Stirn, decke sie zu. Mit geschlossenen Augen liegt sie noch immer da. Was sie soeben erlebt hat, muss sie wohl erst mal verarbeiten.

Über das Bett hinweg krieche ich hin zu ihm. Meinen Nachtisch habe ich mir mehr als verdient. Am Kragen seines schwarzen Seidenhemdes ziehe ich ihn aus dem Sessel hoch, küsse jetzt ihn, wild und leidenschaftlich, dränge ihn zum Bett. Ziehe ihm das Hemd über den Kopf, fummele ungeduldig seine Gürtelschnalle auf, den Hosenknopf, den Reißverschluss. Knabbere mit kleinen Bissen, kurz vor Schmerzgrenze, vom Hals an abwärts. Habe ihn endlich von sämtlichen, störenden Kleidungsstücken befreit, während er das Gleiche, ungeschickt und ungeduldig, mit mir gemacht hat. Er liegt unter mir. Ich reite meinen Rassehengst, langsam und sinnlich, damit ich auch was davon hab. Nur Frau weiß, was Frau reizt! Und das nehme ich mir jetzt! Mag er später zu seiner Befriedigung kommen, erst mal bin ich dran!

Hmmmm, ich *wusste* es, dass dieser Mann zärtlich und einfühlsam ist. Meine erste Anspannung ist abgeflaut, ich werde etwas schläfrig. „Massier mich", schnurre ich. Und er tut es. Verwöhnend streichen seine, für einen Mann ungewöhnlich zierlichen Hände über meinen Körper, so, wie ich zuvor seine Frau massiert habe. Während wir uns vergnügen, er und ich, ist *Sie* doch tatsächlich eingeschlafen. Scheint so, als hätte ich mit ihr alles richtig gemacht.

Für heute habe ich genug. Egal, wie lecker so ein Nachtisch ist, daran überfressen sollte man sich nicht, denn sonst ist es ja nichts Besonderes mehr. Ich sammle meine Kleidung wieder ein, ziehe mich an, versuche, meine Haare wieder herzurichten. Verabschiede mich von ihm mit einem langen, leidenschaftlichen Kuss. Gebe ihr, die langsam und schlaftrunken wieder zu sich kommt, ebenfalls einen kurzen, gebieterischen Kuss und verschwinde zur Tür hinaus.

Wie wir in Zukunft miteinander umgehen? Ich weiß es nicht. Ich für meinen Teil habe die Hausmannskost brav aufgegessen, um mir den Nachtisch zu verdienen. Ich habe gegeben und genommen und bin bereit, es jederzeit wieder zu tun. *Falls* mein Rassehengst und sein Ponystütchen an einer Wiederholung interessiert sind.

Es gibt Dinge, von denen du denkst: „Das passiert nur den anderen." Bis es dir doch passiert und du dich verwundert fragst, wie um alles in der Welt dir das nur passieren konnte.

Wenn du von dir glaubst, dass du immer, in jeder Situation, unter allen Umständen unbedingt und zu 100% treu bist, dann ist dir die richtige Versuchung nur noch nicht begegnet.

www.eldakrieger.de

Inhaltsverzeichnis

Ein literarisches „Vorspiel"　　　　Seite　7

Kiras Begierden　　　　　　　　　Seite　9
- Weihnachtsüberraschung　　　Seite 10
- Nur nicht zu brav im neuen Jahr　Seite 20
- Doch ein Kaffeekränzchen?　　Seite 28
- Bekenntnisse　　　　　　　　Seite 33
- Auf der „Strafbank"　　　　　Seite 37
- Überstanden　　　　　　　　Seite 43
- Doch noch mehr drin　　　　　Seite 46
- Pizza und Privatleben　　　　Seite 52
- Frühstück und Freundschaft　　Seite 56

Schneesturm　　　　　　　　　Seite 61

Sexy new Year　　　　　　　　　Seite 67

Das unmoralische Angebot　　　　Seite 69

Doppel-Hengst　　　　　　　　　Seite 75

Sexy Soldiers　　　　　　　　　Seite 77

Hausmannskost mit Nachtisch　　Seite 82